49日間、君がくれた奇跡

晴虹

STARTS
スターツ出版株式会社

——どうして、こういう運命を辿ってしまったのだろう？

暗く閉ざされた狭《せま》い世界で、私はずっとひとり泣いていた。
ずっと息苦しくて、ずっと生き辛かった。
希望も光もない現状。世界。
目の前にあるのは、痛みと絶望だけだった。
早くここから抜け出したくて。でも、できなくて。
子供でも、大人でもない私は、ずっとひとりきりで耐《た》え忍《しの》ぶしかなかった。
だから私は……もっとも最悪な方法で自分の人生にケリをつけた。

——「次は絶対に、きみのこと笑わせてみせるから。約束」

突然、私の世界に降り注いだ優しい光は、傷だらけの心にはあまりに眩《まぶ》しいもので。
そして、待ち受けていた運命はあまりに切なかった。

ねえ、いつかまたきみに出会えたら。出会えるなら。
私は笑って、きみに会いたい。

目次

49日間、君がくれた奇跡

これは、プロローグ

——生きるか死ぬかを、ずっと悩んでいた。

十月二十日。時刻は二十時を少し過ぎたところ。私、新垣ゆりは普段だったら自宅にいるこの時間帯に、自分が通っている高校の教室にいた。私以外、誰もいない。

窓際の一番後ろの席に座り、ぼんやり外を見ている。窓枠はまるで額縁のように夜空を切り取り、雲一つない夜空を美化している。

立ち上がり、窓を少し開けた。秋の涼しい風が私の長くて黒い髪の毛を揺らす。壊れたカメラがピントを合わせることを放棄《ほうき》したかのように星がぼやけてはっきりと見えない。そもそも都会の星が綺麗なわけないけれど。でも、月の存在だけはしっかりと認識できる。今日は、満月だ。

制服の袖《そで》から伸びた自分の細い腕を空に向かって突き上げて、その、取れるはずのない月に力なくかざした。

「……」

——死にたい。もう、生きていたくない。

心の中で漏れた本音は熱を帯びている。息を吸うのすら辛く、すぎていく一秒一秒が重くのしかかってくる。体中にできた数えられないほどある痣《あざ》が、体を動かしていない今も痛む。

でも、不思議なんだ。痛みは感じるのに、もう何も考えられなくて、生きたい、とすら思えなくなっているのだから。

生きるか死ぬかをずっと迷っていた。そのはずだった。なのに、もう天秤《てんびん》はずっと前から片方に傾いている。重たい石を置かれたように、少しも揺《ゆ》らぐことなく動かない。

あと一歩がどうしても踏み出せなかったのは、死ぬことが怖いから。どうやって死んでも絶対に痛いし辛い。自分で自分の息の根を止めるのは簡単じゃないだろう。

——どうやって死ぬ？　方法は？　日時は？

首つりだってロープが食い込んで苦しいだろうし、駅で飛び降りたら車輪が体を引き裂いて痛いだろうし、何より関係のない他人に迷惑がかかる。これまでみずから命を絶っていく人たちは、どうやってこの恐怖に打ち勝ってきたの？

辛い思いをして死にたいのに、どうして死ぬときすらも痛い思いをしなきゃいけないのか。安楽死《あんらくし》、できないかな。できない、よね。

と、いつだって死にたい原因じゃないところで迷って、一分一秒を積み重ねて生き長らえてきたんだ。

……でも、やるしかない。終わらせたい。現実を。生きている今を。

だから、私は決めた。生きることをやめる。そして今夜、それを実行するんだ。

今朝、両親は仕事が遅くなると、口を揃《そろ》えて言っていた。まだ少し余裕がある。ふたりが遅くなると言うときは、大抵いつも午後九時になってもまだ帰りつかないことのほうが多い。大丈夫、まだ余裕がある。きっとまだ娘が帰ってきていないことに気付かない。

暗闇の中、スマホを見る。ＳＮＳを更新しても流れてくるのはすべて同じ。どの媒体を見てもそうだ。

高校生の男の子が文化祭の後夜祭でマジックショーを披露《ひろう》していたとき、爆発事故が起きたらしい。まわりにいたクラスメイトも亡くなり、数名が重軽傷を負ったとのこと。流れてくる映像・記事、すべてはこの事件についてのこと。号泣する無事だった同級生のインタビューの映像や、避難している様子も流されていた。

私、新垣《にいがき》ゆりは、その男の子たちと同じ命日になるのだ。

日本中がこの事件にくぎつけになっている中、私はひっそりと誰の関心も集めないまま死ぬ。

都内に住む高校生の女の子が自殺を苦に自宅マンションから飛び降りて自殺したところで、たとえ話題になったとしても一瞬だろうし、すぐに忘れられる。さっさと忘れられるのが関《せき》の山《やま》。悲しむのは親族ぐらいだ。

実際私だって、自殺してニュースになっていた人たちの名前も、詳細も、何ひとつとして覚えていないのだから。

きっと、そんなものなのだろう。つねに命について考えながら生きている人なんていない。誰もが自分の命にも、他人の命にも無頓着《むとんちゃく》。

だから、簡単に人の命はなくなっていくし、簡単に人を傷つけることができるんだ。人の嫌がることはしてはいけない。命は大切にしなきゃいけない。人を殺してはいけない。自殺をしてはいけない。

みんな知っていることのはずなのに、現実からそういったことはなくならない。それを証拠に、テレビやインターネットでは連日のように悲惨《ひさん》なニュースが流れている。

幼かった頃、私は死にたいって泣くことなんてなかった。でも今の私は、死にたくて泣いている。

どうして、こんなことになってしまったの？　どうしたら、毎日が楽しいって思えるの？

まわりにいる人たちと自分は何が違うのか、わからない。

「……っ……」

悔しくて涙が溢《あふ》れる。ぐっと拳《こぶし》でしずくたちを強く拭《ぬぐ》うと、ベランダへ出る。ここは三階。ひらりとスカートが揺れる。頭によぎる考えを振りきってベランダを仕切る鉄格子《てつごうし》の上によじ登る。その鉄格子に上手く座って、景色を見下ろした。ゾクゾクと、恐怖が背中を這《は》いずりまわる。まぶたを閉じて、深く息を吸って、吐いた。

今でも死ぬことは怖い。ここから飛び降りたら、地面に体を打ちつけて、きっと痛いどころの騒ぎじゃない。確実に死ぬ。

それに、自分を愛し、ここまで育ててくれた両親への申し訳なさが、ようやくつけた決心を簡単に揺るがせる。もらった命を大事にできなくて、ごめんなさい。こんな弱い娘で、ごめんなさい。

……だけど、私はもう限界なんだ。

生まれ変わって、死のうなんて考えることのない人生を送りたい。

私にも将来への憧《あこが》れはあった。友だちと思い出を作ったり、恋をしたり、結婚して子どもを産んで……って。

でも、やりたいことは何ひとつ今の私では叶《かな》えられそうもない。じゃあもう終わりにして、来世に希望をかけるしかないよね……。

体重をふっと前に傾ければ、私は、この世界からいなくなる。消える。一瞬で。今ある未練に似た何かも、どうしてこうなってしまったのかという悔しさに似たどうにもならない想《おも》いも、きっと。

私の中で、私の命とともになくなるだろう。

それなのに、今さら現実に引き止めるかのように、いろんな感情が強く、心の中をかき乱し続ける。これまで散々考えてきたことなのに、まだ性懲《しょうこ》りもなく考えてしまうらしい。

生き続けていけば、今の辛い状況を打破するような出来事が起こるかもしれない。そう考え始めると、後ろ髪を引かれる。

死なずとも、「今」を脱出する方法がどこかにないのか、死のうとしているこの瞬間にも考えてしまうのだ。

けれど、そのどれもを阻《はば》んできたのは、他人からの悪意だった。すべて、粉々にされた。生きていても何も変わらない。耐えることも、もう限界だった。「やめて」という声も、届かなかった。

私にはもう心もない。未来もない。何も、起きやしない。もう私に残されたものは、傷と痛み以外何もないんだ。

「……」

座っていた鉄格子《てつごうし》の外側へ。後ろ手で器用に枠につかまって体制を整える。風が強く吹く。

——私は目を開けたまま、躊躇《ちゅうちょ》することなく前方にゆっくり、体重を預けていった。

飛んだ瞬間、私は自由になったのだと確信した。これでもう、苦しむことはない。生きていることが辛い、なんて考えなくてもいいし、心の中にあるいろいろな感情は、死んでしまえば跡形もなくなる。学校にも行かなくてもいい。殴《なぐ》られることも、きつい言葉をかけられることも、無視されることも、笑われることも、傷つけられることもない。

——そう……。

もう、いじめられることはないんだ。

地面にたどりついた瞬間の痛みを理解する間もなく、私は意識を手放した。

ドンッ——。

それは、笑顔が咲く魔法

——ピリリリッ。

聞き慣れない音が鼓膜《こまく》を揺らした。無意識に音の鳴るほうへ手を伸ばして、丸い目覚まし時計を取ると、音を止める。そして、ぼんやりとした意識のまま起き上がると、自分のまわりの状況を見まわす。

「……」

知らない部屋のベッドの上。なぜか着ていたはずの学校の制服は、半袖半ズボンのジャージに変わっている。

ゆっくり目線を動かしていく。見覚えのない机や棚がありフローリングだったはずの自室の床は緑の畳になっていて、カーテンが半分開いている窓から外を見ると、見覚えのない景色が広がっていた。

手入れされている庭なのか、きれいな花たちが咲いている。名前は、わからない。

寝起きの頭で考えてみても、ここは私の部屋じゃないことがわかる。

いや、そもそもなぜ自分がまだ生きているのかが最大の謎《なぞ》だ。

——私、死んだはずじゃ……。

まさか、死ねてないなんてこと……ないよね？

混乱する頭。ふと大きな鏡を見つけて、その前に立つ。そして、そこに映った自分を見てもっと頭が混乱した。ガッと勢いよく鏡のふちを両手で掴《つか》んだ。

「……っ!?」

誰!?　この鏡に映っている女の子は……!?

肩につくぐらいのミディアムヘアは少し癖《くせ》っ毛なのか、ふわふわしている。目も二重だし、唇《くちびる》は少しふっくらしている。

長くて黒い髪の毛も、つり上がったような強い目も、薄い唇もない。青白くて不健康そうな肌でもないし、ガリガリな体でもない。少し肉づきがよくて、背も低い。頬《ほお》は寝起きのはずなのに、ほんのりピンク色をしている。まるで私のクラスにもいた、誰からも愛されるような女の子の姿だ。

「……」

唾をのんで、鏡を凝視した。これは本当に私が知る〝鏡〟なのかを真剣に疑った。私がまばたきすると、鏡に映る女の子もまばたきをする。ほっぺを指でつまむと、鏡の女の子も同じ仕草をした。鏡に映っている女の子は、まぎれもなく私であることを証明した。

わけが、わからない。ベランダから飛び降りたはずなのに、どうしてこんなことになっているのだろう。

どうして私、知らない女の子の姿で生きているの？

「美樹《みき》、起きてるの？」

驚いた。突然足音が近づいてきたかと思うと、あっという間に部屋の襖《ふすま》が開いたのだ。そこから顔を出したのは、鏡に映る自分に少しだけ似ているおばさん。

おそらく私の……お母さん……？

そして推測するに、美樹は、私の名前……？

「もう、起きてるじゃない。何度も呼んでるのに。今日から学校でしょ。準備しなさい」

「……っ……」

「う、うん……っ」

条件反射でぎこちなく返事をすると、不思議そうな顔をした目の前の女性が「今日はやけに素直ね。変な子」とだけ呟《つぶや》いて襖を閉めてしまった。突然のことで力が抜ける。

ふと視線を泳がせた先にある机の上に、スマホとノートが置かれてあるのを見つけた。おもむろに近づいて、まずはスマホを手に取る。

〈九月一日〉

スマホの画面の日付を見て、さらに状況が掴《つか》めなくなる。部屋の壁に飾られているカレンダーも九月のページになっているし、スマホは問題なく操作できる。壊れているわけでもなさそうだ。

朝なのに、体感温度も若干暑い。夏の残り香と言われれば、頷《うなず》ける。これが現実なら、四十九日も時間が遡《さかのぼ》っていることになる。まったく、あり得ない。あり得ないことばかりが、私の身に起きている。

さらにスマホの隣に置いてあったノートの表紙には、〈二〇××年日記〉と書かれてあり、今年の四月から書き出された日記だった。

パラパラとページをめくると、その日起こったことや、感じたことが短く書き綴《つづ》られていた。毎日、欠かさずこまめに。

四月一日。

今日から高校生！　先生は真面目そうな人だった。あと安田理香子《やすだりかこ》ちゃんって子と仲良くなった！　めっちゃかっこいい人もいた。気になる。

ところどころをピックアップして、読む。

五月四日。

放課後、理香子ちゃんと遊んだ。プリクラを撮った。かわいくて、面白い理香子ちゃんが大好き。

そのページには、その日撮られたものであろうプリクラが貼《は》られてあった。先ほど確認した自分と、髪の短い活発そうな女の子が写っている。

この子がきっと、その理香子ちゃんなのだろう。どうやら私は、同じ年の女の子の中に入ってしまっているらしい。

らしいと言っても、この状況をこのまま鵜呑《うの》みにしていいのかわからないけれど……。

何がどうなってこうなってしまっているのか、まったく理解しがたい。

私、死んだんじゃないの……？　生まれ変わったってこと……？　同じ年の、女の子に……？

でも私の中にはまだ〝新垣ゆり〟としての記憶は、ある。なくなってなどいない。これじゃ生まれ変わっただなんて言えない。到底「やった！」などと晴れ晴れとした気持ちになんてなれないし、絶望しかない。

だって、忘れたかった出来事は何ひとつとしてなくなっていないのだから。いじめられた記憶も、自分が飛び降りて地面に叩《たた》きつけられた瞬間の記憶まである。

自分の肩を抱く。震えが止まらない。

私は今、悪夢でも見ているのだろうか。

乱れた呼吸。いくつか深呼吸をしてようやく落ちついてきたところで、「美樹！　何してるの！　早く学校行きなさい！」との怒鳴り声が響いた。

目を、見開く。絶望の言葉を耳にした。

学校に、行かなくちゃいけない？　もう行きたくないと死まで決意した場所へ？

おずおずと押し入れを開けると、制服が突っ張り棒にかけてあった。それは私が着ていたブレザーの制服とは違ってセーラー服だった。

気乗りしないまま、その制服に袖を通す。

これが正しい行動なのか、わからない。でも、また怒られて、状況を悪化させるのは得策とも思えない。とりあえず、従っておこう。

「お、おはよう……」

廊下を進み、リビングを見つけた。この家はどうやら平屋らしい。リビングの奥には縁側もあるようで、朝日に照らされた庭の花たちがキラキラと輝いている。木でできた大きな低いテーブルの上には朝ご飯が用意されてあって、父らしき男性が新聞を読みながらそれを食べていた。

そして先ほど顔を見せた母らしき人は、キッチンというよりは台所といったほうがしっくりくる空間で、せっせと調理で使ったものを洗うことに勤《いそ》しんでいた。

「早く食べなさいよ」

「う、うん……」

声をかけられて、ぎこちなく頷いた。

無口な父らしき人の前に座り、ピンク色のお茶碗《ちゃわん》を手に持った。一口、二口と、ご飯をぱくぱく飲み込んでいく。

みそ汁や卵焼きを口に運んでいるはずなのに、まるで味がしない。いや、正確にはするのだけど、緊張感で味を噛みしめるどころではないのだ。

「ごちそうさまでした。行ってきます」

かばんを持って家を出た。驚いた。目に映る景色があまりに田舎《いなか》すぎて。

一歩家の外に出ると、そこには畑、田んぼ、平屋しかなく、全体的に平べったく、視界に映る割合的には空の青と緑がほとんどを占めている。

かろうじて整備されてある道路の脇を歩く。草と土の香りが鼻をかすめ、鳥のさえずりやカエルの鳴き声さえ聞こえる。

……初めて来た、こんな田舎。

スマホと、念のために日記を持ってきていた。かばんの中には学生証があったから、自分の名前、学校の名前とクラスを知ることができた。

私の名は……綾瀬《あやせ》美樹ということがわかった。

スマホでその学校の名前を調べ、マップで場所を調べた。ここから歩いていける距離でよかった。

　この姿になる前の私が住んでいた場所からは少し離れているらしく、電車で片道二時間ほどかかるみたいだ。

　それにしても夢にしては壮大《そうだい》すぎるし、細かい設定はやけに現実的すぎる。土を踏みしめて歩く感触や、感じる風の温度さえリアルだ。

　これが夢だったとして、神様は最後に、私にどんな夢を見せてくれるのか。あまり、期待はできないけれど。

　神様には何度も願った。やめてくださいと。私にもう乗り越えられない試練を与えないでくださいって、何度も心の中で懇願《こんがん》した。いじめられない人生をくださいって。

　でも、願いが届くことはなかった。だからこそ、私は飛び降りた。死ぬことを選んだ。

　……はず、だったのにな。死ねたのかも、わからないなんて。死ねていないのは困る。でも、学校の三階から飛び降りて死ねないはずがない。そうだと思いたい。

　これはもしかして夢じゃなくて、走馬灯《そうまとう》というやつなのかな？　誤作動で知らない体で、知らない土地の風景が流れているだけ？

　それとも、ここが天国？

　それにしては、少し貧相な、と言ったら失礼かもしれないけれど……。

なんてことを考えてマップを見ながら歩き、ほどなくして学校に到着した。クラスは一組だったので、探し当てた下駄箱で挨拶《あいさつ》されたクラスメイトの女の子のあとを少し距離を空けてついていった。

挨拶されるってことは、それなりにクラスメイトたちと上手くいっているってことなのかな。この美樹って子は。

登校してすぐの独特の空気感で、校内はザワザワとしていた。クラスメイトが教室に入る瞬間を見届けて、少しだけ立ち止まる。

足を踏み入れる前に、教室の中を恐る恐る覗《のぞ》き込んだ。心臓が、痛いぐらいに動いている。

学校の三階のベランダから飛び降りて、止まるはずだった心臓だ。今感じているものは、美樹って女の子のものだけれど。

ちらほらといるクラスメイトはみんな笑っていて、それぞれ仲のいい人たちと談笑をしている。

どうやって教室の中に行けばいいのかわからない。自分の席もわからないし。

……と、そのときだった。

「美樹、おはようっ！」

「……!?」

廊下で小さく肩をすぼめて佇《たたず》んでいると、飛びつくように話しかけてきたひとりの女の子。驚いて体が跳ねたが、声は出せなかった。

　この子、見覚えがある。たしかこの子は日記のプリクラに写っていた女の子だ。名前はたしか……理香子ちゃん、だっけ？

「どうかした？」

「えっ、ううん……っ」

「行こ？」

「うん……っ」

　手を引かれて、席までたどりつく。私の席は、窓際の一番後ろから二番目だった。その道のりでクラスメイトたちに挨拶をされ、私は慣れない挨拶をたくさんした。いじめられていた私に、「おはよう」なんて声をかけてくれる人はいなかったから。

　席についてすぐ、かばんを机の上に置いた。手が震える。ちゃんとできているか、わからない。混乱して、息がまともにできない。目も、ぐるぐるまわってきた。平気なふりをしよう。なんともない。大丈夫。そう思えばそう思うほど、焦りが頭を真っ白にし、心を複雑にした。

「ごめん、ちょっと、トイレ……っ」

　そして私は、その場から逃げるように教室を出た。

情けない。ただ、挨拶をしてくれただけなのに。それに対応しきれない自分のメンタルに絶望しかない。

普通のことが、難しい。悪意の中にずっと晒《さら》されてきたから。

トイレの個室に逃げようと思った。泣きそうだったし、誰の視界にも入りたくないと思ったからだ。

だけど瞬時にフラッシュバックする。トイレで囲まれて、悪口を言われたときのこと。

『ガリガリで、きもいんだよ』

『幽霊は、大人しく消えてろ』

『死ね』

浴びせられたセリフ、口調、トイレの臭い、室内に漂う湿気の感覚まで覚えている。

さらに気分が悪くなってトイレに逃げることをやめた。階段を下ろうかと思ったのだけど、ちょうど上ってくる人影が見えて反対に上へ向かった。

人に会いたくない。誰にも醜《みにく》い自分を見られたくない。自分が、恥ずかしい。

必死になって階段を最後まで上りきった。屋上へ続く錆《さ》びついた重い扉。全体重をかけて開くと、私は外へ出る。

「はぁ……っ」

ようやくそこで私は息を吸えた。まるでずっと溺れていたみたいだ。

上を見て、目を細める。空が青い。太陽が眩しい。

一歩、また一歩と歩いた。鼻から空気を吸うと、変だとは思うけれど、生きている感覚がした。

ほんと、変。死にたくて飛び降りたのに。今さら生きていることを実感するなんて。

ここの空気がきれいだからなのか、息を吸うと、体の中から浄化されていくみたい。

見渡す限りの青と緑。そして、白い雲。まぶたを閉じて深呼吸をして、ゆっくり目を開けた。

世界って、こんなに広かったっけ……？

「ねえ、何してるの？」

「……!?」

声にならないほど、驚いた。

誰もいないと思っていた屋上。突然かけられた声に、冗談抜きで心臓が止まりかけた。

振り返った先に、男の子が立っていた。目尻《めじり》が垂れた、優しい目をしている背の高い男の子だ。

彼はにっこりと笑うと、右手を出して、どこからか黒いステッキを出現させた。長さは十五センチほどだろうか。

私には、どこからどうやって彼がそのステッキを取り出したのかわからなかった。

まるで、魔法みたいだった。

「これ、きみにあげるよ」

「……？」

そして次の瞬間、彼がステッキの先を撫《な》でて息をふっと吹きかけると、そのステッキが鮮やかな花束に変身した。

私は驚いて目をみはった。心臓を掴まれたような感覚がした。

……すごい。きれいな花だ。

「って、あれ!? なんで泣いてるの!?」

「え？ ……あ……あれ……っ？」

戸惑った。自分でも泣いていることに気づかなかったから。

だけど、ポロポロと溢れ出る涙は止まらない。

さっきまで、あんなに必死に泣かないように我慢していたはずなのに。

「ごめん、いきなり驚かせちゃったかな……」

「違うの……っ」

私が勝手に泣いちゃっているだけだ。

自分でも、わけがわからない。

だけど、突然差し出されたきれいな花束に、感動したことは間違いない。

もしかしたら、うれしくて泣いてしまったのかもしれない。

自分の感情がわからないなんて、初めてのことだ。

「僕、マジシャンになりたいんだ」

「……」

「次は絶対に、きみのこと笑わせてみせるから。約束」

ぐっと、差し出された花束。目の前には彼の笑顔。私はコクンと頷いて、両手で受け取った。そしたら満足げに目の前の彼がさらに笑った。手で握《にぎ》ったその花束。近くで見て、笑みがこぼれる。

「ところでさ、こんなところで何してるの？　綾瀬《あやせ》さん」

「えっ……？」

綾瀬って……そうだ、私の、苗字《みょうじ》、だ。じゃあ彼は、もしかして〝私〟と顔見知り？

「なんだかいつもの綾瀬さんじゃないみたいだね」

首をかしげる彼。

私はとっさに顔を背ける。

「そ、そんなことないよ……」

語尾が弱くなる。怪しまれている。どんな対応が正解なのかはわからない。正直に「そうです。私は綾瀬美樹って女の子じゃないんです」なんて言っても変な人扱いされる。困らせるだけだ。けれどバレないように努めるのも無理がある。私は彼女のことを何も知らないのだから。どんな性格をしていて、どんな風に笑って、どんなことが好きなのか。

唇を少し尖《とが》らせた彼が「そっか」と言ったあと、優しく微笑《ほほえ》んだ。そして地べたに座り込む。

「じゃあそういうことにしとく。綾瀬さんが話したくなるまで待つわ」

ニッと白い歯を見せる彼。まるで陽だまりのように明るくて、優しい人だ。

真夏のギラギラした太陽というよりは、春の温かい木漏《も》れ日のような。

出会ってからまだたったの数分だけれど、私の中にある彼の印象はそうだ。

彼の黒い髪が風に揺られている。大きなアーモンド形の目は、笑うと垂れる。瞳《ひとみ》が大きくて、とてもきれい。着ているシャツの袖は捲《まく》られていて、そこから出ている腕には男の子らしい筋肉と血管。見惚《みと》れていることに気づいて、慌てて目線をそらした。

「綾瀬さんも座りなよ」

「え……？」

「ほら。空見てると気持ちいいよ？」

空を真っすぐに指さす彼の姿に目を奪われる。

すると彼がこっちを見ながら自分のすぐ隣をぽんぽんと叩いて、私が腰を下ろすのを催促《さいそく》している。

私は彼に従って、遠慮がちに座った。

距離は人がひとりと半分ほどだろうか。

彼に倣って空を見る。風の匂《にお》いと太陽の光。先ほど感じた爽快感《そうかいかん》がまた心を浄化していく。私の心がどれだけ荒《すさ》んでいたのかを改めて実感する。だけど、まだまだ癒《い》やしきるには足りない。

「綾瀬さんさ、また屋上においでよ」

「……？」

「ね」

隣にいる彼が、にっこりと笑った。その顔があまりに眩しくて、私は素早く頷くことしかできなかった。

こういうとき、綾瀬美樹は、どんな反応をする女の子なのだろう。

私は綾瀬美樹になりきったほうがいいのだろうか？　なりきる努力をするべきなの

か？　そういえばあまり考えてなかったけれど、私は、いつまで綾瀬美樹のままなのだろう？

この夢はいつ、覚めるの？

これが現実なわけ、ないんだし……。

握っている花束を見る。よく作り込まれているけれど、造花だ。でも枯《か》れることもないし、これはこれでいいのかもしれない。

このままずっと、綾瀬美樹としての人生を歩んでいくのかな、私。新垣ゆりなんて捨てて、生まれ変わりたいと思ったのは私だ。だけど、たとえ姿形が変わっても、私はまだ新垣ゆりのままだ。

臆病《おくびょう》で、人とのコミュニケーションの仕方をまるで知らない。上手く笑えないし、感情をどう表現したらいいのかさえ、わからない。

こんなんじゃ、生まれ変わったなんて、言えないよ。こんなのを望んでいたわけじゃない。こんなの、意味ない。

だってこんなに苦しいまま……。

私は正反対の人間になりたかった。これまでの自分のように地味で根暗でな私じゃなくて、派手で、誰とでも仲良くなれる女の子。姿がそうなってもダメ。心も人格も。殺してよ。私を。こんな私。消して、この世界から。

一ミリも残さないで、この世界から抹消《まっしょう》してほしい。

癒されたはずの心は、一瞬にして闇へと舞い戻っていった。

「そろそろ戻ろう、綾瀬さん。チャイムが鳴っちゃう」

「……うん」

彼が立ち上がって、私も続いて立ち上がった。

屋上をあとにして教室に向かう。そういえば彼の名前を私はまだ知らない。でも顔見知りみたいだし、名前なんて聞けない。

そしたら彼が、私が目指していた教室に入ったからまた驚く。クラスメイトだったのかと。

そりゃ変に思われるに決まっている。私のような性根《しょうね》の暗い、人との関わり方を知らない女の子は、きっとそういないだろうし。

それに友だちの理香子ちゃんも、かわいくてハキハキと喋《しゃべ》るハツラツとした女の子だった。

そんな子を友だちとして持つ美樹ちゃんが、私のような女の子なわけ、ないんだ。

「美樹、大丈夫？　体調悪いの？」

「ううん、大丈夫だよ。ありがとう」

席につくと、花束をかばんの中にしまった。すると、近づいてきた理香子ちゃんが心配したように両眉《りょうまゆ》をひそめて話しかけてくれた。

私は取りつくろった顔で返事をする。情けない話、上手く笑えているかわからない。もうずいぶんと笑っていなかったから、感覚を忘れてしまっている。

口を開いた理香子ちゃんが何かを言いかけて、それを遮《さえぎ》るかのようにチャイムが鳴った。クラスメイトが着席していく流れに乗って、理香子ちゃんは何も言わずに自分の席へ戻っていった。

そのことに安堵《あんど》する自分がいた。何を言われるか、考えると怖かった。そして、隣の席に腰を下ろした人物に体が硬直した。

「……っ……」

息が、詰まる。目が合うと、屋上で見せてくれた微笑みをまたくれた。

……そう、まさに今の今まで一緒にいた〝彼〟だった。

クラスメイトで、しかも、隣の席の男の子だなんて。私が美樹ちゃんじゃないこと、気づくよ、そりゃ。

変に意識してしまって、落ちつかない。扉が開く。担任の先生が、教室に入ってきた。

「みんなおはよう。夏休み明けだが、明日さっそくテストあるから、気を抜かないようにー」

　先生の言葉に生徒たちからブーイングが起こると、先生が「静かにしろー」と間延びした声を上げた。隣にいる彼は通路を挟んで隣の席の友だちに話しかけられている様子で、笑顔で対応していた。

　大げさかもしれないけど、やっぱり彼の笑った顔はまるで太陽を具現化《ぐげんか》したかのようだ。どんな生き方をしてきたら、彼のような笑顔の持ち主になれるというのだろう。

　みんなに愛されているのが伝わってくる。人気者なんだろうな、きっと。私と正反対な男の子だ、きっと。

「酒井隼人《さかいはやと》ー」

「はい」

　出席確認を始めた先生がその名前を呼んだとき、隣の彼が返事をした。どうやら彼の名前は酒井隼人というらしい。

　酒井隼人くん。隼人、くん……。

　心の中で、彼の名前を呼ぶ。

「次、女子な。綾瀬美樹」

　隼人くん……。

「綾瀬ー？」

教室が変な空気を醸《かも》し出したことに、まわりより遅れて気がついた。自分の世界に入ってしまっていた。クラスメイトの視線が一気に自分へと集まり、心臓が活発になる。

ふと、隣の席に座る隼人くんと目が合って「呼ばれてるよ？」と言われた。なんのことかすんなり理解できずに前を見ると、今度は先生と目が合った。

「どうしたんだ、綾瀬。返事は？」

「あ……はい。すみません、ぼうっとしてました」

「しっかりしろよー？　まだ夏休み気分なんじゃないかー？」

茶化《ちゃか》すような先生の口ぶり。クスクスといくつかの笑い声が聞こえた。バカにされたような気がして、心がざわついた。貶《けな》されることには、慣れている。けれどそれは、心に傷がつかないこととイコールじゃない。恥ずかしくなって、うつむいた。首から上が途端《とたん》に熱くなる。顔、きっと真っ赤だ。見られたくない。誰にも。私のこと、見ないでほしい。

「大丈夫だよ」

降ってきた声。机を見たままでもわかる。誰がそう言ってくれたのか。

穏やかで、優しい声色。涙が溢れそうになる。

優しくされることには、慣れていない。

いじめられていたとき、誰も助けてくれなかったから。
私は、いつもひとりぼっちだった。

もう過去の話

約半年前の四月六日。

私、新垣ゆりは、無事に受験を乗り越えて志望校へ入学した。憧れだったブレザーの制服、花の高校生。中学までの私は地味で、派手では決してなかったけれど、それなりに慎《つつ》ましく生きていた。

数人の友だちと教室の隅で仲良くするタイプだった。地味だと陰口を言われたり目立つ存在の子たちから白い目で見られたりしていたことは知っていた。

だけど大きな被害もなかったし、平凡な毎日だったけれど、それだけで十分だと思っていた。

誰もが羨《うらや》む幸せも、喜びもいらない。普通でいい。このまま地味で、目立たなくていい。

これからも私の人生はそのように過ぎていくのだと思っていた。

その、はずだった。

「新垣さんって、ほんと幽霊みたいだよね」

高校に入学して二週間。棘《とげ》がある言葉が飛んできて、そのまま私の心臓に突き刺さったかのように胸が痛んだ。

昼休みだった。目が合ったのは、同じクラスの坂本杏梨《さかもとあんり》ちゃんだった。彼女はうちのクラスの中心人物といっても過言ではない人で、いつもたくさんの人に囲まれている女の子だった。男の子からも、女の子からも。いつも輪の中心にいて、カーストの最高位にいる人物。

坂本杏梨ちゃんと、その近くにいる女子数人がニヤニヤといやらしい笑みを浮かべながらこちらを見ていて、最高に居心地が悪かった。

「ホラー映画のお化け役とか向いてるんじゃない？」

「同じクラスに幽霊がいると思うと怖いよねぇ」

堂々と、みんなに、私に、聞こえる声でわざとらしく言われる自分のこと。

恥ずかしくなって、いたたまれなくなった。けれど足がすくんで、動けなかった。逃げたいのに、逃げられない。ドクドクと心臓が激しく動く。血液は全身に送られているはずなのに、手足の先端から冷えていく。まるで生きている心地をゆっくり、じっくり奪われているかのよう。

まわりのクラスメイトもそれに便乗して、膨らんでいく会話の中、私の存在がどんどん私から離れていく。

不健康な白い肌、肉づきがまったくない体。長くて黒い髪。ツンとした強い目。

私の見た目のコンプレックスは、ことごとく攻撃の対象らしい。

「俺ら幽霊と同じクラスなのか」

「あはは、やばっ」

男子たちの笑い声。

「幽霊だって」

「やばぁ、こわぁ」

女の子たちの、無駄に明るい口調。

それは、気が遠くなるような時間だった。本当に幽霊になってしまえば、ここからすぐにいなくなれるのに。

……それからというもの、私への幽霊いじりはクラスの日常になった。

「今日、新垣さんいなくない？」

「うちら霊感ないし、幽霊なんかそもそも見えないよ」

「あ、そっか！」

教室にいるのに、見えないふりをされた。

「新垣ゆりって誰だっけ？」

「知らなーい」

……存在を、消された。

わざとぶつかられたり、ものを隠されたり、机の上や上靴をびしょびしょに濡《ぬ》らされたり、いじめはどんどんエスカレートしていく。

SNSにも悪口を書かれた。

〈幽霊いじり、最高〉

〈後ろの席が幽霊だからか、時々鳥肌が立つんだよね〉

〈本当に消えてくれればいいのにねぇ〉

ズタズタに心を切り刻まれる毎日。もう、限界だった。毎晩毎晩ひとりで泣いた。泣いても泣いても、枯れない悲しみ。尽きない苦しみ。癒えない痛み。全世界に向けて放たれる、自分の悪口。

〈幽霊って何？　誰のこと？〉

〈お前らのクラス、いつも楽しそうだよなー〉

そして、それらの書き込みに寄せられていたコメントを読んだ。この世界は腐《くさ》りきっていると確信した。他のクラスの人からも〝幽霊〟という認識をされたのだ。闇《やみ》が深すぎる。一筋の光もない。心は誰しもが持っているはずなのに、どうして平気でひどいことが言えるの？　できるの？　私が傷ついていることに、誰も気づいていないの？　本当に楽しいの？

みんな、ひどいよ……。

自分がされたら嫌なことを、他人にしないって基本を忘れてしまっている。

……ううん、違うね。

自分がそうされたくないから、誰かひとりを犠牲《ぎせい》にして、みんなが結託《けったく》しているんだ。その「誰かひとり」というのが私で、きっと、私じゃなくてもいいんだよね。わかっている。重要なのはみんな〝自分がいじめられない〟ってことだ。

でも、お願い。助けてよ。誰か。誰でもいい。お願い、助けて。

この地獄から、一刻も早く。

……けれど、私の叫びは誰にも届くことはなかった。

先生だって気づいていたはず。だけど一緒になって笑ったよね。

共働きの両親には心配かけたくなくて、何よりいじめられていることが恥ずかしくて言えなかった。

女子たちにトイレで囲まれて、殴られて、蹴《け》られた。

来る日も、来る日も。

「死ね！」

「きもいんだよ！　幽霊が！」

「消えろ！」

何度も何度も繰り返し浴びせられた罵詈雑言《ばりぞうごん》。

耳に残り、脳裏《のうり》に焼きついて、眠れなくなった。ご飯もまともに喉《のど》を通らなくて、でも、両親に変に思われたくなくて、死ぬ思いで毎日平気なような顔をして過ごした。友だちだった人は、いつの間にかどこかへ行った。彼女たちもまた、私のことが見えなくなったらしい。

気づいたときにはもう、誰も私のそばにはいなくなった。ひとりぼっちだった。制服を着ていたら見えない部分に増えていく痣と、目には見えない心の傷。重ねられて、膨らんでいったのは〝死にたい〟という気持ちだけ。

生きていたって、辛いだけ。高校生活も始まったばかり。卒業のために、あと二年以上は通わなければならないなんて、気が遠くなる。学校を辞めたって、きっとろくな人生は歩めない。私には才能も取り柄《え》もないし、将来の夢もない。

——生きるか、死ぬか。どっちのほうがいいのかを、ただひたすらに考えていた。

死ぬのは怖い。けれど生きていたってしょうがない。

だって、私は私だから。

この先大人になっても、私が私であることは変わらない。いじめられることのない私は、いない。いじめを知らない私はいない。

いじめられる自分の容姿がいけなかった。そもそも生まれてきたのが、間違いだった。

もう少しかわいく、華やかな子に生まれていたら、違った人生を送っていたかもしれない。

どうして私はこんなにも醜い姿で、いじめられるような人間として生まれてしまったの？

いじめてくるクラスメイトを恨《うら》んで、いじめられる自分を責めて、だけど何も変わらない、変えられない現状に、もう何もかも限界だった。死んだほうがマシだ。毎日が地獄すぎて、生きていられない。

死ぬのはもちろん怖い。だけど、生きるのはもっと怖い。

助けてくれないまわりの人たちのことを疎《うと》ましく思ったこともあるけれど、よくよく考えてみれば私がその人たちの立場だったとしたら、私を助けるなんて絶対に無理だ。

怖くて、きっと助けてあげられない。私に、傍観《ぼうかん》している人たちを責める資格なんてない。

……それでも、本音では助けてほしかった。

飛び降りる前、教室のベランダから見ていた星空はきれいだった。すべてを諦《あきら》めて、すべてを捨てて壊れた心はとても軽かった。

終わるはずだった私の人生。全部、なくなるはずだった。

なのに、どうしてまだ続いているの？

私はなんでまだ生きているの？

夢だったらもういい。もう覚めてほしい。

たとえ目覚める場所が地獄だったとしても。

私のままじゃ、生きていたってまた同じことになるだけ。きっとまたいじめられる。

今さら〝普通の女の子〟になんて、なれないよ。

普通の女の子の姿をしていたって、中身が私じゃダメなの。新垣ゆりは消えないと、ダメなの。

弱虫で、陰湿《いんしつ》で、地味で、根暗《ねくら》。

こんな性格で、こんな残酷《ざんこく》な世界で、生きていけるわけないんだ。

誰かから新垣ゆりが好かれることは、永劫《えいごう》ない。

そういう星のもとに生まれてしまった。神様が人間を作っているとしたら、私は神様の失敗作。

両親だって、私みたいな娘じゃなくて、もっと愛嬌《あいきょう》のある娘が欲しかったに違いない。

いじめられなくて、自殺なんてしなくて、親よりも長生きする娘がよかっただろうに。

ごめんなさい。
こんな私が生まれてきてしまって。

これって現実？

「——美樹？」

近くで呼ばれて、はっと我に返る。その名前が自分のことを指しているのだと気づくのに、少し時間がかかる。顔を上げると、そこには心配そうに顔を歪《ゆが》めた理香子ちゃんがいた。

朝のホームルームが終わった教室。ざわざわとした中で私はひとり、席についてまわりの音をシャットアウトして、今までの自分の人生を振り返っていた。

「美樹、やっぱり変だよ。具合悪いんでしょ？　保健室に行こうよ」

……美樹って子は、なんて幸せな女の子なんだろう。

こんなにも心配してくれる友だちがいる。私にはいなかったのに。同じ、高校生の女の子なのに。

「大丈夫。考え事してただけだから……」

「無理しないで」

「無理してないよ。ありがとう、理香子ちゃん」

納得のいっていない顔をしている。理香子ちゃんは思っていることが表情に出やすい子なのがわかる。素直で、優しい女の子だ。

すると彼女は眉間《みけん》にシワをぐっと寄せ、

「……誰なの？」

「え？」

「美樹は私のこと〝理香子ちゃん〟って呼ばないもん。あなた、誰？」

目を見開く。警戒心《けいかいしん》をいっぱいに含んだ目線と声。なんと言えばいいのかわからなくて、下唇を巻き込んで噛《か》んだ。

「あなたは美樹じゃないでしょ？」

ぐっと、喉元が痛む。言葉に詰まる。

そんな簡単に真実を口にできっこない。

自殺したら未来からタイムスリップしてきちゃいました、だなんて。そんな、おとぎ話みたいなこと、誰が信じる？

自分ですら、この状況を理解していないのだから。

夢じゃない、現実とするなら、この現象の原因は？　すぐに死なせず、四十九日前の田舎に私を飛ばし、綾瀬美樹として生かした理由は？

わからないことだらけで、いろいろ聞きたいのは私だって同じだ。

「話せないの？」

「……っ……」

どうして理香子ちゃんは私の様子が変だからといって、そんなに迷いなく私が綾瀬美樹じゃないって言いきれるのだろう？

見た目は完璧《かんぺき》に綾瀬美樹なはずなのに。

「もういい」

「え？」

「早く美樹を返して」

「……っ……」

睨《にら》むように、というよりは、懇願するような言い方で、優しさがあった。

でも、その場から立ち去って自分の席についてしまった理香子ちゃんは……この日、私に話しかけてくることはなかった。


帰宅後、目覚めたときと同じようにベッドに横たわった。慣れない土地、慣れない人間関係、理解できない現状。

すっかり疲れてしまった。

どうして私はまだ生きて、息をしているのだろう。心から死にたいと願って、飛び降りたのに。

〝命を粗末にしてはいけない。生きたくても生きられない人もいるのだから〟

それは、正しい意見なのかもしれない。だけど、生きたくても生きたくないと願ってしまう人間もいるのだ。人間はみんながみんな、強いわけじゃない。

いじめに負けずに強く、逞《たくま》しく、生きていけるわけじゃない。私の命を生きたくても生きられない誰かにあげることができるのなら、私は迷わずあげる。私の代わりに生きてほしい。私が代わりに死ぬから。

ベッドから起き上がると、制服を脱いだ。シワにならないように丁寧《ていねい》にハンガーにかけ、机に向かって座って日記を開いた。

綾瀬美樹について興味が出てきたからだ。どんな女の子だったら、あんなにみんなから好かれるのだろう?

登校すればすぐ、みんなに挨拶されて、理香子ちゃんという親友までいる。どういう人柄だったら、同じ年の女の子が、私とは正反対の人生を歩めるのか。

五月十二日。

理香子ちゃんと仲良くなったから、お互いに呼び捨てで呼び合おうということになった。

まだ理香子って呼ぶことには慣れていないけど、信頼できる友だちができてうれしい。

いつか理香子って呼ぶことが普通になればうれしいな。


五月二十日。

言いたいことがあったら私は迷わず言っちゃうから、今までは友だちができても、すぐ私のそばから離れていった。

だから本当の友だちってできなかったけど、理香子は私のことを見捨てなかった。

クラスメイトとケンカになりそうになったときは止めてくれて、叱《しか》ってくれた。

我慢も必要だよって、優しく言ってくれた。こんな友だち、初めて。


六月三日。

今日は理香子とちょっと遠出して、おしゃれなカフェに行ってきた！

映える写真もいっぱい撮れたし、満足。


綴られていたのは、たくさんの理香子ちゃんとのことだった。

理香子ちゃんのことが大好きなのが伝わってきたし、理香子ちゃんが美樹ちゃんのことを大好きなことも今日一日過ごしただけで伝わった。

……結局、そういう運命だったのか。

私は心から大好きになれる友だちに出会えなかったし、私のことを心から信頼してくれる人にも出会えなかった。美樹ちゃんは言いたいことを言ってしまう自分の短所を知っていて、友だちができなかったと言っている。でも、理香子ちゃんに出会えた。それで救われて、幸せな高校生の女の子になれた。

……神様は、なんて不公平なんだろう。私にも出会わせてくれたって、いいじゃないか。ものすごく惨《みじ》めだ。現実を改めて見せつけられているかのよう。

〝お前は神様に見放されているから諦めろ。そもそもお前が生まれたこと自体が間違いで、だから誰とも関係を構築できなかったんだ〟そう、悪魔にささやかれている。

考えるだけで頭がとても痛い。

死にたい……。

私、不幸になるために生まれてきたのかな?

そうとしか思えない。

「……」

ふと今朝のことを思い出して、かばんの中にしまっていた花束を取り出した。

今朝は突然始まった手品に驚いた。目の前に差し出された花束に感動した。それを差し出す隼人くんの笑顔がすごく印象に残っている。これを受け取ったときは、うれしかった……。

指先で花弁に触れる。一瞬でただのステッキから、花束になった。どういう仕組みなのかは、わからない。

『また屋上においでよ』

優しい声色だった。今も心地いい低音が耳に優しく染みついている。

今日眠りについたら、元の私に戻るのかな。そしたら、ようやく死ねるのかな。そうだったら、もう一度だけ隼人くんの手品を見たかったかもしれない。なんて。

でも私の人生なんて、早く終われればいいんだ。隼人くんに出会えたことは、新垣ゆりとしての私では叶わなかったことだ。これは間違いだったんだ。何かの、誤り。

机に突っ伏して、ふと居眠りしかけていたとき、リビングのほうから「お風呂《ふろ》入っちゃってよ!?」という母の声が飛んできた。彼女のことを母と言うことも違和感でしかないけれど。

もしも、これが夢じゃなかったとしたら、四十九日前の生きている私も、この世界にいるのだろうか？

同じ世界に私がふたりいるってこと？　四十九日前の今日、私は何をしていたっけ？

夏休みが終わって、初めての登校日。長期休みを経《へ》て、私に向けられていた悪意の矛先《ほこさき》は丸みを帯び、あわよくばなくなっていることを願っていた。

少しの期待と、大きな不安で心が押しつぶされる思いで学校へ足を運んだことを覚えている。

裏切られたのは、言わずもがな。そうでなければ、私は身を投げなかった。

イスから立ち上がってタンスから部屋着と下着を探り当てたあと、言われた通りにお風呂場へ向かう。脱衣所には母が置いたのか、タオルが準備されてあった。何も考えずに服を脱いでいく。あらわになった体。今まで見てきたものとあまりに違いすぎて、やはり気が遠くなる。ほどよく肉がついていて、背が低いながらに、スタイルがいい。

風呂場へ足を踏み入れて、シャワーからお湯を出す。すると勢いよく出てきた水。数十秒間待つと、湯気が出てきたので、熱くなったのがわかった。

とっくに、すぎ去っていた夏に舞い戻ってしまった。汗ばんでいた体。本当の私より健康的な体である美樹ちゃんの体を、いたわるように洗っていく。

ふとそのとき、取りつけられている鏡に映る自分の姿に違和感があった。もっと詳しくいうと、腕。右の二の腕に黒いなにかがあった。

鏡に近づいてよく見てみると、そこには数字の〝四〟と〝九〟が横に並ぶように記されていた。

落書きだろうか。こんなところに、誰が？

ボディソープと垢《あか》すりを使って擦《こす》ってみるけれど、全然消えない。薄れることもない。指先でつまんでみると、数字が歪む。まるで、タトゥーのように皮膚に刻まれている。

なんの数字なんだろう……？　四十九……？

タイムスリップした日にちと共通しているところを見ると、いろいろ予想してしまう。

もしかしてこれ、カウントされるのかな？

「……」

考えてもわからないことだらけだ。私が生きていることも、違う女の子の体に入っていることも、この数字でさえ。

驚きの連続すぎて、リアクションがまともにとれなくなってきた。

湯船には浸からず、お風呂場を出た。そのあとは美樹ちゃんの家族と夕飯を食べて部屋に戻った。暗いままの部屋で、ベッドに寝転ぶ。

美樹ちゃんのお母さんがすごくお喋りな人で、ずっとひとりで話しているのを、お父さんと私が時折頷いたり質問したりして時間が進んでいった。はかどる家族団欒《だんらん》に、私はひとり寂しい気持ちになっていた。自殺した私がこんなことを言うのはおこがましいけれど、本当のお父さんとお母さんに会いたい……。

死んでしまえばなくなると思っていた感情、記憶があることが、今は辛い。

両親への申し訳なさと、いじめられていたときの記憶。

「……寝よ」

ひとりでに呟いて、まぶたを閉じた。

ここで本当に私の人生が終わればいい。もうほんと、生きていたくなんかないんだから。


けれども私はまた、目覚めてしまった。

ぼんやりした視界と思考がはっきりしてくる。迎えたくなかった翌日に到達したみたいだ。

畳の部屋。まだ見慣れない机やイス、タンス。昨日初めて見た光景だ。起き上がって机の上に置いていたスマホを見ると、九月二日に日付が変わっていた。

そして姿見の前まで移動する。鏡に映る私は、やはり綾瀬美樹のままだ。どうやら私はまた綾瀬美樹として生きながらえてしまったらしい。過去にいるから〝生きながらえた〟という表現が正しいのかは、わからない。

ため息をついた。また長い一日が始まる。押し入れの襖を開けて、かけてある制服を見た。学校になんて、行きたくないのに。

何より今は、理香子ちゃんに会いたくない。問い詰められたって、話せることなんてないのだから。

話したっていいのかもしれない。けれどすぐ信用してもらえるようなことじゃない。頭がおかしいと思われたってしょうがないようなことが起きている。

夢なら、長すぎる。もういい。こんな意味のない夢。

「……」

徐に着ていた部屋着のTシャツの袖をめくり、右の二の腕を確認する。

数字が〝四〟と〝九〟から、〝四〟と〝八〟に変わっている。

やっぱり、これって、カウントダウン……なのだろうか。私が自殺する日までのカウントダウンだと仮定するなら、この数字がゼロになるまで私は生きなくちゃならないってこと……？

気が遠くなる。自殺したというのに、あと一ヶ月半も生きなくちゃならないなんて。

「美樹ー！　起きてるのー!?」

「……っ……」

部屋の前、襖のすぐ向こうからした母の呼び声。私は「起きてるよ」と声をかけた。

震えた声は、美樹ちゃんのもの。高くて透き通ったような声。小さくて低い新垣ゆりのそれとは違う。

何度か短く息を吐いて、手を握りしめた。学校へ行きたくなかったけれど、行かないという暴挙《ぼうきょ》に出られるほど、気が強いわけじゃない。気が乗らないまま、制服に着替えてリビングに向かった。

朝食は昨夜にも食べた肉じゃがだった。二日目でも変わらずにおいしくて。本当の母より、甘い味つけ。

「行ってきます」

家を出る。田舎のでこぼこ道。空の青、白い雲。緑の青臭い匂い。澄んだ朝の空気、風。

学校までの通学路。いくら進んでも代わり映えしない景色。田んぼ、住宅、たまに赤い自販機。けれど売り切れているのがほとんど。

歩いて、たどりついた学校。教室に行く気にはなれず、そのまま屋上に向かった。隼人くんがいることを期待して。けれど、そこに彼の姿はなかった。

屋上へ出ると、地上にいたときよりも風の存在を感じた。セーラー服のスカートが大きく煽《あお》られ、ふわふわな癖っ毛の髪も揺れた。屋上を囲っているフェンスは学校が古いせいか、背が低い。簡単に飛び越えられそう。

……もう一度、飛び降りるのも、ありかもしれない。

これは私の癖だけど、いつからか生きることよりも、死ぬことばかりを考えてしまうようになった。いつからなのかは、もう覚えていない。でもたしかなのは、いじめられるようになったあとからそうなったということ。

自転車に乗っているときも、交差点に差しかかると、〝このまま道路を突っきったら、車に轢《ひ》かれて死ねるかな。それとも運よく通過できるだろうか〟とか、通学していて、〝通り魔に襲われたりしないかな〟、〝居眠り運転の車が私を轢いてくれたりしないかな〟、とか。アクシデントで死ぬ妄想《もうそう》ばかりをするようになった。自分が死ぬ姿を毎日想像した。誰かに自分を死なせてほしいと心から願っていた。自分では決断できないから。

「……っ……」

何も考えずに屋上を囲むフェンスを飛び越えた。フェンスを後ろ手で掴んで、下を見る。運動場では朝からサッカーをして遊ぶ男子生徒が数人いる。

深呼吸をした。鼻から出入りする生ぬるい空気。飛び降りてタイムスリップしたし、もう一度飛び降りれば、〝ゆり〟の生活に戻るかもしれない。

だけど二度目とはいえ、ここから一歩を踏み出すのはとても怖い。痛いだろうし、苦しいだろう。だけど生きているのも同じように痛くて、苦しい。その痛みや苦しみを耐えて生きる利点が思いつかない。それなら一瞬の痛みを我慢して、死んでしまったほうが楽だ。カウントされている数字がゼロになったとき、どうせ死ぬのなら一ヶ月半無駄に生きる意味もないだろうし。さっさと終わらせよう。自分の手で今度こそピリオドを打とう。自分の人生に。

瞳を閉じると、その拍子《ひょうし》に流れた熱い涙が空気に触れて冷えていくのを感じる。

「――綾瀬さん？」

飛び降りる覚悟を固めていたそのときだ。

名前を呼ばれて、自分ひとりで完結していた世界に亀裂《きれつ》が入ったかのように、風が吹く。

この声は隼人くんに違いない。振り向くと、案の定そこには驚いた顔をして立つ隼人くんがいた。

「……何、してるの？」

震えたような声。心配しているような、困惑《こんわく》したような表情。どうして隼人くんがそんな顔をしているのか、私には、わからない。

「……ここから飛び降りたら死ねるかなって」

「ダメだよ、そんなことしちゃ」

「どうして？」

「だって悲しむよ、みんな」

苦しそうな顔をしている。まるで自分が当事者かのような、とにかくそんな感じ。まるで関係ないのに。そりゃ、たくさんの人に愛されている美樹ちゃんが死ねばみんな悲しむよね。

だけど、新垣ゆりが死んでも悲しむ人なんていない。

「大丈夫。戻るだけだから」

「……？」

「私がここにいるのは間違いなの。私は死んだ人間なんだから」

だけどもう、生きた心地なんてしばらく前からしていなかった。息をしていても、死んでいるも同然だった。

そう、正しい運命に戻るだけ。私がここで死ねば時間軸もきっと元に戻る。

美樹ちゃんがちゃんとこの体で生きていて、私はこの体から出ていって、元の体と時間に戻って死ぬだけ。

「隼人くんは信じないかもしれないけど、私は綾瀬美樹じゃないの」

「……っ……」

どうせ死ぬから、もうどうでもいい。この話を隼人くんが信じるも信じないも、どっちだっていい。

ここから飛び降りて、私は、私の存在は消えるのだから。

「きみが誰であっても……」

悲痛に顔を歪ませたまま、隼人くんは続ける。

「目の前で人が死ぬのは嫌だ。少なくとも僕は悲しい気持ちになるよ」

フェンスごしのふたり。緊張感のある雰囲気《ふんいき》に自嘲《じちょう》する。だけど自分の心臓の音はやけに素直で、ドキドキうるさい。動いている。こんなにも早く。まるでまだ生きているのだと、わざとらしく強調されているみたいだ。

「そうだよね……。目の前で死なれたらトラウマになるよね……」

「そうじゃない。僕たちは出会ったんだから。知ってる人が死ぬのは誰だって悲しいに決まってるだろ」

一歩、一歩、彼が私に近づいてくる。私は警戒心をあらわにするように顔をうつむかせた。

近寄らないでほしいと、本能的に思ってしまった。

それでも真っすぐに差し出された手に、驚く。

「こっちに来なよ。危ないよ、そこ」

きれいな、でも大きな手だった。

私は意固地《いこじ》になって、動かないでいる。ふたりの距離は二メートルも離れていないだろう。私も手を伸ばせば、きっと届くはず。

正直、気持ちは揺らいでいた。

だって、私に「死ね」という人はいても、「死んだら悲しい」と伝えてくれる人なんていなかったから。

「じゃあこうしよう」

「……？」

「きみのことを教えて。僕はきみのことが知りたい」

彼の提案に、私はまばたきを繰り返した。

彼が一歩、前に進む。

「名前は？」

「……ゆり。新垣、ゆり」

また一歩前へ。

そして、三歩目の足を踏み出して距離がぐっと近くなった。伸ばしたままにしていた彼の右側の手が、私の左手をゆっくり掴んだ。

「じゃあゆり、きみはいくつなの？」

「十六……」

「じゃあ僕と同じだね」

優しい声。ゆっくり指を絡める。強く握られて、目が合う。

微笑まれて、雲に隠れていた太陽が顔を出した。

「ゆり」

名前を呼ばれて、私の瞳に涙が溜《た》まる。そんなふうに、大事そうに、名前を呼ばないでほしい。荒んでいる心には、温かさが染みる。

ずっと「幽霊」と呼ばれてきた。生きているのに、見えないふりをされてきた。

もう死にたいと何度も何度も心に刻んで、自殺した。

なのにどうして神様は最後の最後で、こんな温かい人のところに私を飛ばしたの？

フェンスを乗り越える手伝いをしてもらった。その拍子に彼の胸の中に飛び込んでしまったのだけど、そのアクシデントですら彼は快《こころよ》く受け入れて「大丈夫？」とまで声をかけてくれた。頷くと、そのままの距離で彼の親指が器用に私の目元に溜《た》まった涙を拭った。驚いてあからさまに体が固まってしまう。

「ごめん、強引だった？」

左右に首を振った。左手はまだ彼の右手とつながれたままだ。

「そっか、よかった。落ちつくまで座ってよ」

「うん……」

ふたりで腰を下ろした。

寒くないのに、体が震えていた。

見上げた空は、果てしなく青い。稜線《りょうせん》が緩やかなカーブを描き、遠くのほうでは境目が曖昧《あいまい》にぼやけている。

のどかな田舎町の情景に、傷ついた心が少し疼《うず》く。ズキズキ痛みを感じる。

「ねぇ、ゆり」

ふと隼人くんが私の手を離した。そしてポケットからトランプを取り出して、それをシャッフルする。

その様子を見ていると、トランプを扇状《おうぎじょう》に広げた隼人くんが「一枚選んで」と促した。

言われるがまま適当に一枚トランプを引いて、絵柄と数字を確認する。私が引いたのはクローバーのキングだった。

「それ覚えてて」

「うん……？」

「覚えたら、適当な位置に戻して」

広げられているトランプの中に引いたカードを戻した。

それを彼が慣れた手つきでシャッフルし、ひとつの束にまとめた。

「ワン、ツー、スリー」

人差し指で三回、トランプを触れるように叩いて、指を鳴らした。

「一番上のカードをめくってみて」

「嘘《うそ》でしょ……?」

「いいから早く」

ワクワクしたような隼人くんの表情。まるで初めて見るものに興奮している子どもみたいだ。私はゆっくりとカードを人差し指と親指でめくった。現れたクローバーのキングに驚いた。

「すごい……!」

「へへへ」

「どうやったの!? 全然わからなかった……」

きっと仕かけがあるのだろうけど、私にはどうやったのかわからなかった。怪《あや》しい行動もなかったし。

ただ、指先の動きが滑《なめ》らかで、洗練されているのが伝わった。披露されたマジックにこの表現が正しいのかわからないけど、ひたすらに美しかった。気分が高まる。心からの、感動。

「……よかった」

「へ?」

「ゆりが、笑ってくれて。昨日言ったでしょ？　次は絶対に、きみのこと笑わせてみせるからって」

いきなりのことで、きょとんとしてしまう。

そして恥ずかしくなって、うつむいた。

「なんで隠すの？」

「だって……っ」

「もっと見せて。ゆりが笑うなら、僕ができる手品すべて見せてあげるよ」

「どうして、そんなによくしてくれるの……？」

まだ出会ったばかりなのに、どうしてそんなにうれしいことばかり言ってくれるのだろう。

「……わかんない」

「え？」

「でも、きみには優しくしたくなる。もしかしたらこれはきみのせいかもね」

片目をつむって、にこりと笑った彼。あざとい仕草。私はまばたきを繰り返して、彼の言葉を脳内で反芻させた。

私のせいで、私に優しくしたくなる……？

「昨日初めてきみを見たとき、もしかしたら綾瀬さんじゃないんじゃないかなぁって思ってたんだ」

「どうして？」

「空を見て、泣くのを我慢してる横顔がかっこよかったから、じつは見惚れてた。綾瀬さんは、自分の感情に正直な人だから、自分の感情を押し殺して上を向くなんて変だなって思ってさ」

「……!?」

自分を指している言葉とは思えないワードが立て続けに出てきたことに、驚くことしかできない。

スカートの裾を握って、感情を抑える。むず痒いような。恥ずかしいような。

「話してみたら、やっぱりいつもの綾瀬さんじゃないし」

「うん……」

やっぱり、私と綾瀬美樹はまったく異なる人格の持ち主なのだろう。

「……もっと僕に話してくれる？　ゆりのこと。さっきはどうして泣いてたの？」

「……」

俯いて、唇を軽く噛む。

死ぬほど悩んで、世界で一番信頼している両親にすら言えなかったことを、出会ったばかりの男の子に話すなんて、ハードルが高いにもほどがある。でも即〝言えるわけない〟と判断せず、悩んでいる自分には気づいている。それよりも話してしまいたいという気持ちのほうが大きいことに驚いて、戸惑いを隠せない。

「ゆっくりでいいから。ね？」

言葉を詰まらせていた私の背中を優しく隼人くんが撫でる。

頷いて、言葉を探した。

何から説明したら、伝わるんだろう。私の中の真実。ひとりで抱えてきた重すぎる想い。そしてずっと秘めてきた辛い出来事たち。

「……生きるか死ぬかをずっと迷ってた」

「うん」

「高校生になってすぐ、クラスの女の子から目をつけられて、見た目のことでいじめられるようになったの。私、本当は、地味で根暗で、見た目もガリガリで色白で、幽霊みたいだったから……幽霊って、呼ばれてた」

「うん」

頷いて、私が言葉を迷ったり、すんなり話せなくなったりするたびに、「大丈夫だよ」、「焦《あせ》らないで」と背中を優しくさすってくれる。まるで小さな子どもをあやすような、そのやや大げさすぎる手つきと思いやりに、私は多大な安心感を得る。

傷つきまくっている私には、それぐらいがちょうどいいのかもしれない。ここにいていいんだよって、間違いじゃないんだよって言ってくれているかのよう。その温かい安心感に、思わずうっとり酔《よ》ってしまいそう。

こんなに家族以外の他人に優しくされたのは、生まれて初めてだ。

「親にも先生にも頼れなくて……それで死んだの」

「死んだ？」

深く頷いた。隼人くんの目を見た。光が当たっているからか、透き通ったような茶色の瞳だった。

「十月十九日に、飛び降りたの。学校で……三階の教室から……」

「……？」

首をかしげた隼人くん。わけがわからないといった様子。そりゃ、そうだ。

「私、未来から来たの……たぶん」

隼人くんの目が大きく見開かれた。私はその瞳から目をそらさない。

「未来？」

「うん。四十八日後の未来から飛ばされてきたみたい」

「……っ……」

意を決して、セーラー服の袖をまくる。そして刻まれている数字を彼に見せた。

「ここに数字があるでしょ？」

「う、うん……」

「これ、昨日は四十九はだったの。でも今日起きたら四十八になってた。四十八日後って、ちょうど私が飛び降りた日なの」

「……カウントダウンされてるってこと？」

「たぶん、そう……」

出していた腕をしまう。元の体勢に戻り、膝《ひざ》を抱えた。真剣な面持ちの隼人くんは、信じられないであろう私の話を理解するのに必死といった感じで、どこか一点を見つめながら瞳を揺らしている。

「残されたこの一ヶ月半に、何か意味があるのかなぁ……」

ぽつり、地面に置くように呟いた。

また、生きながらえてしまった。またしても、自分の息の根を止めることが出来なかった。助けられてしまった。

古びたチャイムの音が鳴る。朝のホームルームが始まってしまった。

「ごめん。私のせいで遅刻だね」

「そんなこと気にしないで」

この人は、どれだけ心が広いのか。底なしに優しい。こんな人、出会ったことない。

時間が緩やかにすぎていく。ホームルームが始まって静かになった学校。再び上を向くと、空では鳥たちが群れて飛び、田舎の道を一台の軽トラが走り去っていく。その道に隣接している田んぼでは、タオルを頭に巻いたおじさんたちが何やら作業をしていた。そんな田舎の風景に視線を投じて考えを巡らせていると、ふと、あり得もしないことを思いついて含み笑いが漏れる。

「どうしたの?」

「いや、隼人くんみたいな人がそばにいてくれたら、私は自殺しなかったかもしれないなって……」

そんなバカげたことを考えてしまった。すぎ去った時間に、夢を描いてしまった。自分の都合のいいように考えたって、私がいじめられたことも、私が自殺したことも変えようがない。

「……僕も、さ」

「……?」

目が合う。隼人くんって、まつ毛が長い。だからきれいな顔に見えるのかもしれない。

「同じようなこと考えてた。ゆりにもう少し早く出会っていれば、助けてやりたかったよ。ほんとごめん……」

——出会うのが、遅くなって。

そう隼人くんは言わなかったけれど、勝手にセリフの続きを想像してしまった。だけど、あながち間違っていないニュアンスであったと、自惚《うぬぼ》れてもいいのだろうか？

自分に、自信がないから、怖いけれど。

「でも今からでも遅くないかな？」

「え？」

「ゆりに楽しいことをたくさん教えてあげたい。せめてそのカウントダウンがゼロになるまでは、笑っていてほしい。そう思うのは、ダメ、かな……」

「……」

カチッと、どこかで音が鳴った。

運命が、逆向きに動き出したような、そんな感じだった。

「僕が全力でゆりを笑わせるよ」

「……」

「だから僕と生きてみない？　最後まで」

私の手に、隼人くんが手を重ねた。

きみはもしかして、私が作り上げた幻想か何か？

そう考えてしまうほど、隼人くんは私の凍《い》てついた心をじわじわと解かしてくれる。

そして、ずっと欲していた言葉をくれる。

私はまた溢れてきた涙を流し、でも、笑って頷いた。

……生きたい。隼人くんがそばにいてくれるなら。

生きてみたい。

笑って、幸せに。

最後ぐらい、これが私の作り上げた夢だったとしても。

甘えていいいんだよね？

私がこの世界からいなくなるまでは……。

たとえ、夢であっても

死にたいと思って、死んだ。

死んだことは、初めて私が望んで手にした自由。飛び降りたときの解放感は、すさまじかった。ようやくいじめの地獄から解放されると本気で安堵したんだ。

そしたらなぜか過去にタイムスリップして、「美樹」という名の違う女の子の体の中で目覚めてしまったのだから、もう私はどうしたらいいのかわからなくなった。

どうして生き延びてしまったのか、どうしてまだ新垣ゆりの意識はこの世界に存在し続けるのか、考えれば考えるほど憂鬱《ゆううつ》で、早く終わらせたくなった。

だから、屋上のフェンスを乗り越えた。なのにたったひとりの男の子が私を一瞬で救ってしまった。残っている時間だけでも、笑って生きたいって、そう思わせてくれたんだ。

生まれて初めて与えられる幸福に、胸のあたりがざわついて落ちつかない。幸せは、私には似合わないのかもしれない。幸せは、私の手には負えないのかもしれない。

こんな奇跡が私の身に起こるなんて、なんのバグ？　神様は、何を企《たくら》んでいるの？　これまでたくさん突き放してきたくせに、私がみずから死んだからって、罪滅《つみほろ》ぼしのつもり？

運命のいたずらにしては、遅すぎるし、考え方によってはより残酷なのかもしれない。一ヶ月半後にはこの世界から消えることが確定しているのに、最後に望んでいた幸せを得るということは、この世界に未練を作ることと同義。

死ぬためにやっとの思いで振りきった気持ちを、また、残してしまう。飛び降りる瞬間、最後の最後まで邪魔していた、生きることへの未練。

「ねえ、違う人の体にいるって、どんな感じ？」

「え？」

「いや、気になってさ」

朝のホームルームが終わるまではこのままでいよう。ふたりの間では、そんな雰囲気が漂っていた。隼人くんは、疑問に思ったことを私に尋ねてきた。遠慮がないのは、距離を感じさせない。それもまた、彼の優しさなのかもしれないと思うと、嫌な気分にはならなかった。

「鏡の前に立つと違和感しかないけど……。でも、見えてる世界は誰の中にいても同じだよ」

なんて言うんだっけ、こういう視点のこと。

エフピーピー、だっけ？

ふと下を見たときに見える自分の肉づきのいい足や、胸を見ると綾瀬美樹の中にいることを実感するけれど、景色を眺めるぶんには、違いはない。どうやら美樹ちゃんも私と同じで目はいいらしいから。

「そっか」

「うん」

「今日はどんなことをして特別な日にしようか」

「え？」

真剣に悩む横顔。見つめていることに気づいたのか、目線が私に向き、白い歯を見せて彼が笑った。心臓がバネに押し上げられるように、弾んだ。目が合うと笑うのは彼の癖なのかも。

「だって一日も無駄にできないじゃん」

「そ、そうかな？」

「そうだよ。ゆりの一日一日には意味を持たせなくちゃ」

私より、私のことをしっかり考えてくれている。それがダイレクトに伝わってくる。だけど……。

「……今日はもう十分特別な日になってるよ？」

「え？」

「だって、隼人くんが助けてくれたから」

驚いた顔をしている。どうやら自覚がないみたいだ。隼人くんが、隼人くんの言葉が、私の心を救ってくれたということ。そのおかげで、私の今日にはちゃんと意味が生まれたということ。

「昨日だって、隼人くんに出会うことができた。花束も、くれた」

「……」

「昨日も今日も、間違いなく人生で一番幸せな日だったよ？」

脳内でゆっくり、隼人くんに伝えたいことを選んで、組み立てていく。

苦手な作業だけど、きちんと言いたいんだ。だって私は本当に感謝しているから。

だから、明日も明後日も特別な日になる。

明日も明後日も、隼人くんと会えるだけで、それだけで、私は幸せを感じることができる。そんな魔法にかかっている。自覚している。

そうじゃなきゃ、あんなに死にたかったのに、生きたいだなんて、思えないもの。

これは間違いなく隼人くんのおかげだ。

「明日も明後日も、手品見せてくれる？」

「もちろんだよ」

そう言ってくれると予想していた。

肩をすくめて笑うと、隼人くんも穏やかに笑ってくれた。

心が癒やされていく感覚がするの。

すぎていく一秒ごとに、少しずつ。

そのとき、朝のホームルームが終わるチャイムが鳴る。あっという間だった。もう少し、ここにいたかった気がしなくも……ない。

「そろそろ教室行くか」

「うん」

立ち上がり、地面にくっついていたスカートのお尻の部分を手で払う。

隼人くんは、背が高い。昨日よりも今日、彼を近くで見て、実感する。美樹ちゃんは背が低いから、なおさらそう感じるのかもしれない。

「あ……」

教室に向かおうと一歩を踏み出した瞬間、あることを思い出した。それは、理香子ちゃんに会うことへの気まずさだった。足がすくむ。歓迎されていないことへの恐怖。私への違和感を覚えた彼女の洞察力《どうさつりょく》は侮《あなど》れない。私が美樹ちゃんじゃないことは、別に、秘密にしていたいわけじゃない。だけど、軽々しく誰にでも話していいことだと思えないのもたしかだ。

「どうしたの？」

「昨日、理香子ちゃんに〝あなた美樹じゃないでしょ〟って言われたの……」

「安田さんに……？」

「うん」

顎《あご》に手を当て、考える仕草をする隼人くん。

「綾瀬さんと安田さん、仲いいもんなぁ……」

「どうしたらいいかな？」

不安に駆られると、どこまでも深く考えてしまう。悪い思考は止まらない。いいことに対しては、〝そんなことない〟って簡単に歯止めがかかるのに。

私のことを疑っている理香子ちゃんと顔を合わせるとき、どう振る舞えばいいのかまるでわからない。テンパってしまう自分しか想像できない。ハキハキものを言う美樹ちゃんとの差が、また発生してしまう。

「様子を見てもいいかもね」

「うん……」

だけど、本当にそれでいいのだろうか？　逃げていいのかな？

そんなふうに、考える自分がいた。日記で読んだふたりの姿が脳裏にチラついている。ふたりとも極上の笑顔だ。

「……理香子ちゃんって、本当に美樹ちゃんのことが好きだよね」

「うん」

「それじゃずっと不安な想いにさせとくの、ダメな気がする……。美樹ちゃんの様子が変だって、モヤモヤさせたまま、一ヶ月半も騙《だま》すのは……」

思わず語尾が弱くなる。私のほうから意見を求めておいて、否定的なことを言うのはよくないことなのではないかと、言い終えてから怖くなった。

けれど、隼人くんは真剣な眼差しで「その通りだね」と言ってくれた。だから私も頷いて、「話してみる」と自分を鼓舞《こぶ》するように呟いた。

臆病な私にとっては言葉にするより、実行することのほうが何倍も難しいことだ。それが自分でもわかるから、ドキドキしてしまう。

たくさんの悪意の中で過ごした半年間は、私から生きる力を奪った。だから私は、誰かを傷つけたくない。どんな形であれ。私の意思ではないとはいえ、美樹ちゃんの中にいることで理香子ちゃんを傷つけるのなら、できるだけ私はそうならないように尽くしたい。美樹ちゃんの体から出られる努力をしたり、理香子ちゃんにどんな配慮ができるのか考えたりもしたい。ちっぽけだけれど、そういう人でありたい。


「え!? どんな組み合わせ!?」

「お前ら、まさか付き合ってんのか!?」

隼人くんに続いて、教室に入った。一緒に遅れてきた私たちのことをヒューヒュー大げさに囃《はや》し立てるクラスメイトに、隼人くんが「そんなんじゃねぇから」と、ふんわり笑って答えていた。

私は体をできるだけ小さくして席につく。注目を集めてくれている隼人くんを見つめるたくさんの目線の中で、唯一私を見る視線があった。

理香子ちゃんだった。目が合い、理香子ちゃんの瞳が揺れた気がした。目線を落とされて、目をそらされる。だけどもう一度目が合った。

私は意を決して理香子ちゃんのほうへと歩み寄る。

怖い。どうやって話を切り出すの、私。何も決めていないのに。

「……理香子ちゃん」

「……何？」

戸惑っているのは、私だけではないのかもしれない。理香子ちゃんを見て、そう思った。

手が、震える。誰かに話しかける行為が不慣れすぎて、普通の人ならなんでもないことのはずなのに、当たり前にできない自分が不甲斐《ふがい》なさすぎて辛い。

顔をうつむけて、目をつむった。

「……昼休み、時間をくれませんか」

「え？」

「あの、話したいので……」

見事なカタコト。ロボットのような話し方になってしまって、恥ずかしい。

目線だけを上げてチラッと彼女を見ると、目を繰り返しまばたかせていた。

「わかった。昼休みね」

「うん」

目が合う。微笑まれて、恥ずかしくなる。

理香子ちゃんはきっと、とても優しい人だ。わかる、伝わってくる。私のことを不審に思っているのに、優しく笑いかけてくれるのだから。

緊張していた心が、じわじわとほぐれていく。

席に戻り、一時間目の英語の教科書を取り出していたときだ。ふと隣の席から届く眼差しに気づいて横を見た。

隼人くんが息をこぼすように笑ったのだ。

どうして美樹ちゃんのまわりは、こんなに優しい人たちで溢れているのだろう？

私のいた学校にも、ふたりみたいな優しさで溢れた人たちがいたら、私も苦しまずに済んだのかな……。

それとも、見た目が美樹ちゃんだからだろうか？

幽霊みたいな不気味な見た目をした新垣ゆりだったら、今、私は優しくしてもらえているのだろうか？

卑屈《ひくつ》になる自分の思考回路に嫌気が差した。素直に優しさを受け取れない自分の心の歪みに、苦しくなる。

だけどどうしても、ありのままの私を好きでいてくれる人なんていないんじゃないか、と考えてしまうんだ。

見た目が美樹ちゃんだから、愛される容姿だから今はこうなっているのだと、新垣ゆりとしての自分を否定してしまう。

新垣ゆり、お前じゃないんだぞ。勘違いするな。恵まれているのは、お前じゃなくて、美樹のほうだ。お前は惨めないじめられっ子だろ。

自分の心の中に轟《とどろ》くのは、誰かからの暗示。私の中にいる、悪魔かもしれない。

「ゆり」

耳の中に優しく響いたのは、暗闇の中にぽつりと光が湧《わ》いたような、そんな声だった。顔を上げると、目の前に隼人くんの手があった。その上には五百円玉ほどの大きさをしたコイン。

「見てて」

隼人くんが両方の手を前に出し、コインを交互に、移動させていく。

何度かそれを繰り返したあと「どっちにあると思う?」と聞かれ、目で追っていた私は迷うことなく右の手を指した。間違いなく最後は右手にコインが移動していた。

その答えにニヤッとした隼人くんが「ぶっぶー」と、無邪気《むじゃき》に笑って両方の手を開いた。コインは、どちらの手にもなかった。

「なんで……!?」

「へっへへ」

「絶対に右だと思ったのに……!」

そんなに高速でコインを右と左に行き来させていたわけでもないのに、見失うわけない。しかも、両方の手にないなんて、どんな仕かけを使ったの？

そしてまた両手を差し出した彼が「右ね」と言い、右手で拳を作って、その手の親指と人差し指でできた隙間《すきま》に勢いよく息を吹き入れた。右手をゆっくり解くと、その手のひらに、先ほどはなかったコインが現れた。

「すごい……」

吐息と一緒に漏れた言葉。感動。同じ人間のなせる技とも思えない。私が特訓したところで、できるようになるとは思えないし。

「もう一回する？」

「もう授業始まっちゃうよ」

「あ、そっか」

お茶目《ちゃめ》に笑う彼に、私も笑った。始業のチャイムが鳴り、一時間目の英語の授業が始まる。あんなに暗かった心が晴れていた。これも、隼人くんの魔法かもしれない。

お昼休みになった。だんだんと時間が進んでいくにつれ、緊張と戸惑いで胃が痛くなっていった。

口下手な私がちゃんと理香子ちゃんに上手く説明できるのだろうか？

隼人くんには拙《つたな》くとも話すことができた。というか、話してしまった。感情に任せて。頭で考えていくと、もう、わけがわからなくなる。突然話すことになった隼人くんの場合とは違う。支離滅裂《しりめつれつ》でも何度も頷いて話を聞いてくれた隼人くんは、とても話しやすかった。おそらく、そういうふうにわざと仕向けてくれたのだと思う。隼人くん、とっても優しい人だから。

ふと近くで足音がした。顔を上げると、そこには理香子ちゃんがいた。

「お弁当、一緒に食べよう？」

「う、うん……っ」

誘われて、〝もしかして待たせてしまっていたのでは？〟と申し訳ない気持ちでいっぱいになる。

今朝、母から持たされたお弁当を取り出して慌てて立ち上がると、その拍子に膝を机の下にぶつけてしまった。痛くて、「っ……！」と、言葉にならない声が出る。

その一連のドジっぷりを見ていた理香子ちゃんが、「大丈夫……!?」と声をかけてくれた。いろんな意味で、泣きそうだ。

「だ、大丈夫……」

「もう、危なっかしいな」

「ごめんね……」

理香子ちゃんが大きな息を吐き、肩を落とした。だけど、そのあとおかしそうにぷっと噴き出した。

「でもほんと、あなたって美樹と正反対」

「えっ？」

「行こう。ちゃんと説明してよね？」

ぐっと腕を掴まれて、連行される。そのまま、廊下を出てぐんぐん進んでいく。たどりついたのは、中庭のベンチ。いくつか木でできたベンチが並んでおり、ここはどうやら生徒たちのご飯を食べるスポットとして人気らしい。ひとつのベンチを除いて、すべての席が埋まっていた。

「空いててよかった。座ろう」

「うん」

ふたりで並んで腰かけた。そばにそびえ立つ大きな木が、私たちの座るベンチに影を落としている。理香子ちゃんがお弁当を広げているので、私も同様にお弁当の風呂敷を広げた。かわいらしいピンク色のお弁当箱。よく見ると、理香子ちゃんが使っている黄色のものと色違いだ。

「……これ、夏休み前に美樹とふたりで出かけたときにお揃いで買ったんだ」

「そう、なんだ」

「かわいいでしょ。小さいからお腹いっぱいにならないんだけど、これがいいって毎日ママに言ってるの」

「……」

ぱくぱくとご飯を口に入れていく私。理香子ちゃんから美樹ちゃんの話をされると、ご飯の味がわからなくなる。

私が美樹ちゃんの姿で彼女の横にいるのが、申し訳なさすぎて。

本来なら、ここにいるのは美樹ちゃんで、理香子ちゃんだって美樹ちゃんとお弁当を食べたかったに違いない。

「……でさ……」

「……？」

「あなた誰なの？　どうして美樹の姿をしているの？」

「……」

きた。とうとう、この質問が。

　私から切り出すべき話題だったのに、理香子ちゃんから切り出させてしまった。

「……私は、理香子ちゃんの言う通り、美樹ちゃんじゃない、です……。ほんとは、新垣ゆりって言います」

「ゆりちゃん？」

　呼ばれて、深く頷いた。

「なんで美樹ちゃんの体の中にいるのか、自分でもよくわからなくて……自殺して、目が覚めたらこうなってた」

「自殺？」

　また深く頷いた。お弁当を掴む手に、力が入ってしまう。地面に映る自分の影を見つめる。

「信じてもらえないかもしれないけど、私、一ヶ月半後の未来から来たの」

「……」

「教室のベランダから飛び降りたらタイムスリップしてて、気がついたら美樹ちゃんの体の中にいた」

　頭のおかしい女の子って思われてもしょうがないことばかりを、言っている。その自覚はある。けれど隼人くんに話したときも若干思ったけれど、死んでしまった私に、失う恐怖はもう何もない。

ここで軽蔑《けいべつ》されて信じてもらえなくたって、どうってことない。残りの日々は消化試合みたいなもの。

笑って生きたいけれど、今、私の身に起きている現実ではあり得ないようなことを、隼人くんのように簡単に受け入れてもらえるなんて思っていない。

何かアクシデントがあって、また死にたくなっても、私は怖くない。どうせいつか消える。

私は今、イレギュラーな人生の番外編を生きている。そんな感覚。

隼人くんと出会えたことも、イレギュラーな出来事。通常の時間軸で生きていたら、あり得なかったこと。

長い夢の中にいるのかもしれない。その可能性もまだ、捨てきれない。

明日突然、元の体に戻ってしまう可能性もあるんだ。

自分で自分の置かれている状況が掴めない上に、腕の数字なんていっさい関係なく、明日、なんの前触れもなく突然私の意識はなくなるかもしれない。

一ヶ月半の猶予《ゆうよ》は、いつ終わるかなんてわからない。なんの保証もない。

「……美樹っぽくないって昨日も今日も思ったよ。美樹は私のこと理香子って呼び捨てにするから」

「うん」

「美樹は気が強い子だから、あなたみたいに弱々しくないの。見た目は同じだけど、私には別人に見えるし。信じられないけど、信じるしかない……よね」

理香子ちゃんを見る。真剣な表情をして、深くこのことについて考え込んでいる様子。

隼人くんも、理香子ちゃんも、どうして信じてくれるの？

「そしたら今、美樹はどこにいるんだろう……」

「わかんない」

「体が入れ替わってる可能性はない？　あなたの体に今、美樹がいたっておかしくないよね？」

そういうこと、なの、か？

私は同じ時間に私がふたりいると思ってしまったけれど、たしかに、そういう考え方もできてしまうのか。

私の体の中に、美樹ちゃんが……？

「……いじめ」

ぽろりと口から言葉がこぼれる。

「え？」

「いじめられてないかな……」

私の体の中にいるってことは、きっとそういうこと。

中身が美樹ちゃんであっても、見た目が私であったら無条件でいじめられてしまう。新垣ゆりをいじめることが、クラスメイトのルーティンになっているのだから。私はみんなのサンドバッグだった。

「……ゆりちゃんの学校ってどこ？」

「え？」

「ゆりちゃんに会いに行こうよ。そこに美樹がいるかもしれない」

腕を掴みながら懇願してくる理香子ちゃんに、私は先ほどのように簡単には頷けない。

行くのは簡単だ。電車を乗り継いで二時間ほどで到着する距離なのは、スマホのマップを見て把握している。時間はかかるけれど、行けない距離ではない。

けれど自分に会いに行くのは……怖い。

一度捨てた自分に、どんな顔で会いに行けばいいのかわからない。

何よりあの学校に近づくのが怖い。私をいじめていたクラスメイトに会うのも、怖い。

「お願い。美樹が心配なの」

真っすぐに私の目を見る理香子ちゃん。その強い意志を感じさせる目線と言葉から目を背ける。

だけどゆっくり目線を戻した。

……これは、私ひとりの問題じゃないんだ。

私だけ怖いから逃げたいって感情だけで、美樹ちゃんや理香子ちゃんを突き放してはいけない。

私が自殺したせいで、ここにいる人たちの幸せな日常を奪ってしまっているなら、私ができることをしないといけないし、巻き込んでいるのが私なら、私だけワガママを通すわけにはいかない。

「……わかった。明日行こう」

私の返事を聞いた理香子ちゃんが笑顔になる。

「ありがとう、ゆりちゃん」

「ううん」

微笑まれて、私も笑うことができた。

心を通わせるってどんな感覚だったのか、忘れていた。

だけど相手が笑って、私も笑って、少しずつ打ち解けて、こうやって仲を深めていくのかな。

私は、本当の友だちなんてできないまま、死んでしまったから……。

「お弁当食べちゃおう」

「うん」

「他にゆりちゃんのこと知ってる人っている？」

「あ……隼人くんが、一応……」

「隼人!?」

驚いた表情をした理香子ちゃんが「ああ、だから今朝、ふたりで遅れて来てたのか」と、ひとりで納得した。

「隼人はすぐ信じたの？」

「うん」

「そっか」

「私、もう一度死のうと思ったんだ。そしたら美樹ちゃんも元の体に戻るかなって。でも、隼人くんが止めてくれたの……」

死ぬことを止めてくれた。名前を、呼んでくれた。私の手を取った彼の手は、とても温かく、繊細できれいだった。

魔法使いの手だった。私の心にまで、魔法をかけたのだと思うんだ。

最後の一ヶ月半、生きてみようって、そう思わせてくれたから。

「……恋、してるの？」

「へ!?」

「だってゆりちゃんの顔、今とろーんとしてるよ?」

……と、とろーんって?

驚きすぎた私の心拍数が急上昇する。顔の中心に向かって熱が集合し出した。耳まで熱い。自分でも自分の顔が赤くなっていることが、わかる。

その様子を理香子ちゃんに見られたらしく、彼女は大笑いしている。

「もしかして、初恋?」

「恋とか……そ、そんなんじゃないよ……っ」

「じゃあ何?」

ズン、と、彼女の顔が近づいてくる。私はまばたきを繰り返して、真っ白になりそうな頭で考えた。

「命の……恩人?」

漏れた言葉。間違いではないはずなのに、もっと適切な言葉があるような気がしてモヤモヤした。

「本当にそれだけ? 好きじゃないの?」

「うん……でも、恋したことないから、わかんないや」

「ふぅーん」

唇を尖らせた理香子ちゃんは、まるで〝つまんない〟とでも言いたげな表情をしている。

でも……。

「今恋をしたところで、私にはもう一ヶ月半しか残ってないから……」

自分が思っていたよりも辛いトーンで話してしまったことを、話し終えてから気づいてしまった。

こんな話をされても、理香子ちゃんは困るだけだろうに。

「そんなこと気にしなくていいんじゃない？」

「……？」

「人間いつ死ぬかわからないのは、みんな同じだよ。もしかしたら、私のほうがゆりちゃんより早く死んじゃうかもしれないんだから」

「……」

「時間がないとかそんな理由で諦めるぐらいなら、恋したほうがいいと思うな」

ぐっと、喉元が痛くなる。

じわじわと瞳を涙が覆《おお》っていく。水中にいるみたいに、景色が揺らいでいく。

「あと一ヶ月半しかないなら、その一ヶ月半だけは後悔しないように生きてもいいんじゃないかな？」

すとん、と、心の中に言葉が落ちていく。

「ありがとう……っ」

そして、ほろりと熱い涙が溢れ出る。

にっこりと笑ってくれていた理香子ちゃんが驚いて、私の背中をさする。

「えっ⁉ なんで泣いてるの⁉ 泣かないで？ 悲しい？ 苦しい？」

「違うの……っ、うれしいの。今までこんなふうに私のことで真剣に意見くれる人なんて、いなかったから……っ」

心がとても忙しい。うれしいのに。おかしいな。

涙が止まらないや。

「大丈夫だよ。うれしい涙なら、いつまでも泣いていいから。安心して」

「……なんで？」

「ん？」

「なんでそんなに優しいの……っ？」

理香子ちゃんが、きょとんとした顔つきになる。

「私、優しいかな？」

「や、優しいよ！」

「うーん。だって、ゆりちゃんがかわいいから。きっと優しくしたくなるんだよ。私が優しいかわからないけど、優しくしてるなら、ゆりちゃんが私にそうさせてるんだよ」

「かわいい……?」

「うん、かわいいよ」

今朝の隼人くんと同じような発言で驚いた。目が丸くなる。すると理香子ちゃんが、クスッとお茶目《ちゃめ》に笑って、お弁当の残りをぱくっと食べた。それに対して、私は固まったまま動けない。

かわいいなんて、生まれて初めて言われた……。

「どうしたの、固まって」

「初めてかわいいって言われたから……」

「嘘じゃん。ゆりちゃんかわいいよ? 純粋で、素直だし、見てて微笑ましくなっちゃう……って、ああ、また泣いて」

「だってぇ……」

ダムが崩壊したかのごとく号泣する私に、理香子ちゃんが背中をさすってくれる。

無理だよ。無理だ。泣く、こんなの。

私、こんなに幸せでいいの? うれしくって、いいの?

「今はいっぱい泣いてもいいから、あとでたくさん笑おうね」

「うん……っ」

彼女の腕の中で、何度も頷いた。

しばらくして「ほら、ご飯食べちゃお？」と理香子ちゃんに促されて、私も残りのお弁当を食べ始める。

美樹ちゃんのお母さんのお弁当は、とってもおいしい。見た目も彩り豊かで、野菜も多いし、美樹ちゃんのために栄養のバランスを考えて作られていることがわかる。

たくさん泣いて自分の中の毒が抜けていったのか、さらに心が軽くなって、とても晴れやかで、人に自分のことを打ち明けることの利点を初めて知った。

隼人くんに聞いてもらって、理香子ちゃんにも打ち明けることができて、私の中で大きく〝死〟に傾いていた天秤が軽くなる。

……どうして死んだあとなのだろう。死ぬ前に、こうしてふたりに出会えていたら……。

なんて考えても、やっぱり自分がやってしまったことは取り返しのつかないこと。

どんなに生きたいと思っても、一ヶ月半後には消えてしまう。

だったらやっぱり、その一ヶ月半を精一杯生きてみたい。私の生きた意味、生まれてきた理由をこの一ヶ月半で見つけたい。

――そしたら、笑って天国へ行ける気がするから。

昼休みが終わって理香子ちゃんと話しながら教室に戻ると、隼人くんと目が合って微笑まれた。その笑顔があまりに優しくて爽《さわ》やかだったからか、私の心臓……というよりは、美樹ちゃんの心臓がトクンとかわいらしく音を立てた。

理香子ちゃんが変なことを言うから、完全に意識しちゃっている……。

たしかに隼人くんはいい人だ。格好もいい。優しくしてくれる。私の中で彼が好印象なのは、間違いない。

だけど、好き……なのかな。

恋なんてしたことがないからわからない。どんな気持ちになれば恋なのだろうか。恋をしたら、どんなふうになるのかな。

恋に憧れがなかったわけじゃない。

けれど高校生になってからは毎日を生きることに必死すぎて、それどころじゃなかった。

小中学生の頃は平凡に毎日を送っていた。だけど恋というものがどんなものかイマイチよくわからなくて、きっと高校生になって、大人に近づいていくにつれてわかっていくものだと思っていた。

大人になる前に、死んでしまったけれど。

「その顔は話し合い、上手くいったのかな？」

席に座ると、隣の席に座っていた隼人くんが私に尋ねてきた。私がぎこちなく頷いてみせると、「よかった」と眩しい笑顔を見せた。思わず目を細めてしまう。

心臓が忙《せわ》しなく動き続けていて、少し息苦しい。胸が優しく痛む。心が浮わついて、落ちつかない。

理香子ちゃんが恋だなんて言うから……。

「次、数学かぁ……未来から来たってことは、勉強も少しは進んでる？」

「うん。今日やった授業は、ほとんどやってたなぁ」

「へー！　いいなあ。でも、ゆりはもともと頭よさそうだからなぁ」

「そ、そんなことないよ……っ」

恥ずかしさを吹っ飛ばすように、顔の前で手をぶんぶん振る。

隼人くんに褒《ほ》められると、照れてしまう。

お世辞かもしれないけれど、隼人くんの人柄を考慮すると、もしかしたら本音かもしれないという微かな希望も捨てきれない。

「ゆりは何が好きなの？」

「へっ？」

「食べ物とか、スポーツとか」

いったん考えていたことを奥に押しやって、聞かれたことについて考える。

好きなもの……？

「チョコ、かな……運動は得意じゃないんだ」

「チョコか」

「うん」

「嫌いな食べ物は？」

「……玉ねぎ」

「え!?　なんで!?　おいしいのに……！」

なんでもない会話。だけど私はずっとこんななんでもない会話がしたかったんだと、深く実感する。

「サラダとかに入ってる生の玉ねぎが苦手で……」

「あー、好きだけど、なんとなくわかるかも」

こんなふうに楽しく笑って、誰かと話したかった。一方的な悪口じゃなくて。

「ゆりは料理する？」

「え？」

「ゆりの手料理、食べてみたいかも」

料理は、お手伝い程度にしかしたことないな……。

上手く振る舞えるかわからないけれど、隼人くんからのリクエストとなると、叶えてあげたくなる。こんな私でよければ。

そうなると、もっと生きている間に、お母さんにちゃんと料理を教わっておけばよかった。

「……今度お弁当作ってくるね」

「まじ⁉」

「うん、頑張《がんば》るね」

ねぇ、恋が今からでも遅くないのなら、料理も、今からでも遅くないのかな。

ずっとできないと思っていた友だちを作るってことも、していいのかな。

残された一ヶ月半の中で何ができるのかわからない。一度は捨てた人生を引き延ばした誰かさんの目論見《もくろみ》もわからない。あんなにネガティブだった考えが一転していることが自分でも不思議でならないけれど、「終わりがあるから」という意識もある。どうせ一ヶ月半後には私という人間は、この世からいなくなる。だから失敗も後悔も怖くないのかもしれない。

何より隼人くんという存在が大きい。

隼人くんを見ると、目が合った。不思議そうに首をかしげた彼に、私は頭を左右に振った。

放課後。

理香子ちゃんが近づいてきたことに気づいて、帰り支度をしていた手を止める。

「明日、よろしくね」

「うん。向こうの放課後の時間に間に合うように学校を出よう」

「……ありがとう」

心から美樹ちゃんのことが大好きなのだと伝わってくる。昼休みには、美樹ちゃんのことが心配でどうしようもないことが表情から伝わってきた。

今もそれは変わらないはずなのに、隠して笑っているのだと思うと私も胸のあたりが痛くなる。

美樹ちゃんと再会させてあげたいけれど、私の体の中にはいてほしくない。じゃないと、美樹ちゃんが辛い思いをしてしまう。

それとも、美樹ちゃんならいじめなんて簡単に跳ね返しちゃったりするのだろうか？

美樹ちゃんがどんな子かはよく知らないけれど、愛される美樹ちゃんが私の中にいたら、どんなふうになるのだろうか？

想像できない。私は見た目のことが発端《ほったん》でクラスメイトからいじめられていたけれど、性格が違えば運命は変わっていたのかな？

「ただいまぁ……」

帰宅して、ベッドに座った。制服から部屋着に着替えて机についた。出された課題をやろうと思ったのだ。

少しして、ひと段落ついたとき、机の端に置いていた日記が気になって手に取った。そして何気なく書かれてある一番最後のページを開いた。

「嘘……」

驚く。そこには、昨日はなかった文字が記されてあったから。

九月一日。

長かった夏休みが終わってしまった。

理香子とたくさん遊んだ夏休みは本当に楽しくて、また今日から授業やテストが待っていると思うと、憂鬱で仕方ない。

始業式の校長の話は相変わらず長くて、つまらなかった。

昨日の日記が更新されている。言わずもがな、私が書いたわけでもない。

本来なら美樹ちゃん自身が過ごしたはずの時間だったから、その日記が自動的に更新されたということだろうか。

どういう仕組みなのかはわからないけど……。

そして見開きページの白紙だったほうに、文字が浮かび上がってくる。まるで、誰かが今、文字を書いているかのよう。

私は驚いて、慄《おのの》いた。思わずイスから飛び上がった。この部屋には私しかいないのに、ノートが勝手に文字を刻んでいるのだ。目を疑う他ない。


九月二日。

昼休み、校庭のベンチで理香子とお弁当を食べた。

夏休みもずっと一緒で、たくさん話したはずなのに、話題は尽きない。

だけど何を話したっけ？って考えると思い出せないぐらい、たぶんくだらないこと。


私も、今日は理香子ちゃんと校庭でお昼を食べた。本来なら美樹ちゃんが過ごすはずだった時間だ。

もしかして、私がその時間を奪ってしまっている……？

罪悪感が、むくむくと心の中で膨らんでいく。

改めて今、私のまわりでは不思議なことが起こっている。そう実感せざるを得ない。

時間が巻き戻ることも、死んだはずの私が違う女の子の体で生きていることも、日記が勝手に更新されることも。

目眩《めまい》がするほど、非現実的な現象だ。

「はぁ……」

このままのんきに過ごしていていいのかわからない。

美樹ちゃんは今、どこにいるんだろう……？


次の日の朝になった。眠るとき、もう目覚めないかもしれないと思ったのだけれど、目覚めることができた。安堵している自分に気づいて、とっさに顔を左右に振って感情を誤魔化《ごまか》した。

朝の太陽がカーテンの隙間から漏れ出している。せっかくだからカーテンを開けて、朝日を浴びた。庭の花壇の手入れは、美樹ちゃんのお母さんがしているらしい。

昨日帰宅したら、美樹ちゃんのお母さんが花壇に水を撒《ま》いていた。

朝日を浴びる余裕なんて、新垣ゆりのときにはまったくなかったな……。

ふとそんなことを考えた。ゆりのときは、どうすれば学校へ行かなくて済むかと、毎日考えていた。

熱はないか。頭やお腹は痛くないか。むしろ、風邪をひきたいとすら思っていた。

けれどなかなか体調不良にならなくて、毎日布団から出る作業が嫌で嫌でしょうがなかった。

制服を手に取る。着ていた服を脱いで、鏡の前で腕を確認した。数字はまたひとつ減って、四十七になっていた。

朝食を平らげて、美樹ちゃんのお母さんの「いってらっしゃい」の声に「行ってきます」と答えて家を出る。

田舎町に飛ばされて三日目の朝だけれど、田舎の朝は好きだ。とても空気がおいしい。

テレビで何度も田舎の空気がおいしいとレポーターが言っているのを見たが、私は今まさにその通りだなと身をもって体感している。

夜の星も月も、都会のそれとはまるで違う。昨夜眠る前、夜空を見ていたとき、切ない想いが込み上げてきた。

私が飛び降りた日の空にも星はあったはずなのに、見え方がこうも違うのかと。

自殺したのに、明日目覚めなかったら嫌だなって、少し考えてしまったことに嫌悪感を抱きもした。

本来、この体は美樹ちゃんのもので、私が過ごしている時間も美樹ちゃんのものだ。

一秒でも早く美樹ちゃんがこの体に戻って、私も元の体に戻ったほうがいいに決まっているのに、明日も隼人くんや理香子ちゃんに会いたい、笑いたいって、願ってしまう。

隼人くんと話してカウントダウンされている期間、あと一ヶ月半ほどは、諦めた人生を謳歌《おうか》してもいいんじゃないかって、そうたしかに思えた。

けれど、理香子ちゃんの美樹ちゃんに対する想いに触れてから、それは大それた願いなのではないかと気づいてしまった。

自分で「死」を選んでおいて、図々しいのではないかって……。こんなの、ワガママに決まっているって……。

「はぁっ……」

息をついた。

苦しい。生きるって、苦しい。窮屈で、いつまでも抜け出せない迷路みたい。

暗闇で、どこにも光なんてない。

迷って、行き止まりに落胆《らくたん》して、そしてまた同じところに戻る。その、繰り返し。

だから、いつまでも同じことをぐるぐると考えて悩んでしまう。エンドレス。

――「ゆり」。

呼ばれた。呼ばれた気がして、はっとした。その声はたしかに隼人くんの声だった。

まわりに誰もいないことを確認し、これは私の心の中で響いたものだということに気付く。

私は無意識のうちにも彼に助けられるらしい。重く、沈みかけていた心が、彼の一声で軽くなる。

歩く歩幅が広くなる。早く会いたくなってきた。

辛く苦しいときに会いたくなるって、隼人くんは私にとってどんな人なのだろう？

命の恩人。孤独だった私の心の拠《よ》り所《どころ》。間違いではないのだけれど、それだけじゃない気がしてきた。

……答えはまだ、出ないけれど。

学校に到着して、私は迷わず階段を駆け上がった。そこにいるであろう人物をめがけて。

階段をノンストップで進むと、足に乳酸《にゅうさん》が溜まる感覚がした。

扉を開くと、朝日がより近くに感じた。

「……っ……」

一瞬、眩しくて目を細めて閉じた。だけど時間をかけてまぶたを開けると、そこには会いたかった彼がいた。

「おはよう、ゆり。大丈夫？」

爽やかな笑顔に、息をのむ。

「おはよう、隼人くん」

「うん、おはよう」

「……おはようございます」

「ぐふっ……うん、おはよう？」

笑うのをこらえた隼人くんがまた挨拶を返してくれた。なんだか私もおかしくなってしまって、口角を上げて肩を震わせた。

あと何回、きみに「おはよう」と言えるのだろう。

考えてはいけない領域に踏み込みそうになって、躊躇《ちゅうちょ》した。そしてそのまま思考を頑張って停止させる。

考えては、いけない。きっと悲しくなるから。

「今日はなんの手品をしよっか」

「なんでも大丈夫」

それは適当な答えではなく、それが的確だった。

隼人くんがいれば、なんでもいい。なんでもうれしいし、幸せなんだ。きっと隼人くんにはわかってもらえないかもしれないけど、それが明確な答え。

「隼人くんにリクエストしたら、なんでもしてくれそう」

「なんでもは無理だよ。僕もまだまだだから、できる手品も限られてるんだ」

「そうなんだ。誰か、先生みたいな人はいるの？」

「いるよ。僕のおじいちゃん」

「おじいちゃん？」

ふわっと優しく笑って、隼人くんはフェンスの柵《さく》に肘《ひじ》を置いた。私も移動して隼人くんの隣に立つ。風はほのかにあり、自然の緑の匂いを運んできている。

「うん。僕のおじいちゃんすごいマジシャンなんだ。もう引退しちゃったけど……」

「おじいちゃんのこと、大好きなんだね」

「大好きなんて言葉じゃ足りないよ。尊敬してる。僕もいつか……おじいちゃんみたいなすごいマジシャンになりたいんだ」

「すごいマジシャン？」

大きく頷いた隼人くん。目が、宝石のようにキラキラ輝いている。

その、隼人くんの目には、何が映っているんだろう？

同じ田舎の景色を見ているはずだ。けれど私の目が彼と同じように光っているとは思えない。

「どんなマジシャンがすごいマジシャンなのか、ずっとわからなかった。ただ漠然《ばくぜん》と、おじいちゃんみたいになりたいって思ってた。でも、ゆりに出会って教えてもらったんだ」

「え？」

身に覚えのない話題すぎて、素《す》っ頓狂《とんきょう》な声を出してしまった。微笑みを絶やさない隼人くん。私は首をかしげた。

「笑わせたいって、思ったんだ」

「……」

「僕の手品で、ゆりを笑わせたい。もっと多くの人に笑顔になってもらいたいって、マジシャンになって何がしたいかわからなかったのに、具体的な夢ができた」

隼人くんはそう言ったあと、クスッと笑って恥ずかしそうに肩をすくめた。

そんな大それたこと、私はしていない。

「隼人くんが優しいからできた夢だよ」

「ううん。優しくしたくなった、ゆりの人柄のおかげだよ」

どうしてそんな言いまわしを……。

自分じゃ、私が他人からどう見えているのかなんて、わからない。優しくしたくなるって言われても、自分じゃわからない。

いじめられていたぶん、自己評価はかなり低いから、否定したくなる。

だけど……隼人くんの言葉は、素直に聞き入れたくなる。

「うれしい……。ありがとう。隼人くんの夢、応援してるね」

天国から、とは、言わなかった。

「頑張る」

「そばで、その夢を見ていたかったな……」

近くで。夢を叶えて、スポットライトを浴びる隼人くんと、隼人くんのショーを見て笑うたくさんのお客さんの顔を見たかった。

隼人くんの未来は無限に広がっている。希望で満ち溢れている。もしかしたら苦難もあるのかもしれない。上手くいかないと嘆《なげ》く期間があるのかもしれない。挫折《ざせつ》しそうになって、涙を流す瞬間が幾度《いくど》となくあるかもしれない。

だけど、それさえも希望に思えるのはなぜなんだろう？

夢を語る隼人くんの目とオーラが自信とこれからの未来への期待に満ちているからかな？

どんな困難にも、最終的には打ち勝つようなそんな雰囲気を醸し出しているから？

どんどん前に進んでいくであろう隼人くんの背中を見送るしかできないことが、どことなく寂しい。

凛《りん》と強く逞しい姿に、胸がぎゅっと掴まれる。

「明後日の日曜日さ……」

「ついてくる？　ボランティア」

「ボランティア？」

「うん。おじいちゃんに勧められて、毎週ってわけじゃないけど、病院に行って病気の子どもたちに簡単なマジックを披露してるんだ」

「すごい！　行ってみたい」

「じゃあ行く？」

「うんっ」

沈みかけていた心が躍《おど》る。間近で隼人くんのマジックショーを観られるんだ。それを見て、笑顔になっている子どもたちも見られるよね。

私は夢を持つ前に死ぬことを選んでしまったから、夢のカケラを感じられるなら、それだけで満足できる。

「ふふふっ」

「どうしたの？」

「……隼人くんのことを知ることができてうれしいなって、思っちゃった」

素直な気持ちだった。心にある感情をそのまま言葉にしただけだった。

だけど隣にいる隼人くんは目を見開いたあと、手で顔を隠してしまった。

一瞬だけ見えた彼の顔は少しだけ、赤くなっていた。

「隼人くん？」

もしかして……もしかして……。

「……照れてる？」

「……っ……」

「えっ、なんで……!?」

どこにそんな要素が？

照れている隼人くんを見ると、私まで恥ずかしくなってしまう。

甘くて、こそばゆい感覚。まるで、心を柔らかい綿毛《わたげ》でくすぐられているよう。

「ゆりが不意打ちでかわいいこと言うから……！」

「そ、そんなことないよ……っ。美樹ちゃんがかわいいからだよ……っ」

「ううん、ゆりがかわいいんだよ」

頭のてっぺんに、隼人くんの手が乗る。

「ゆりの心がとてもきれいなんだ。僕が出会ってきた誰よりも」

優しく目を細める彼に胸が締めつけられる。

「ゆりはきれいだよ」

「そんなことない」

「嘘じゃない。ゆりの心は宝石みたいだ」

慈《いつく》しむように、ひとつずつ丁寧に言葉を選んでくれている。それがひしひしと伝わってくる。

「こんな言い方して、ゆりを傷つけたらごめん。でも、人より何倍も辛いことを経験したことは、きっと無駄じゃなかったはずだよ。ゆりは自分に自信がないかもしれないけど、傷だらけだからこそ、誰よりも人の心に敏感でいられるんだ」

「買いかぶりすぎだよ……」

「そんなことない。気づいてなくてもいい。ただ、知らず知らずの間に、人を傷つける人もいるんだよ」

彼の目線が下がったことに気づく。

「……誰のこと？」

そう尋ねたのは、下がった目線の先に、誰かを見ている気がしたから。

「……誰でもないよ」

「本当？」

「うん。でも、人ってみんな優しくない。みんなに優しくはできないんだ。僕もそうだよ」

「どういうこと？」

「ゆりに優しくできても、他の人に同じように優しくできるかわからない」

わかりやすく説明してくれているはずなのに、理解できない。首をかしげると、隼人くんがニコッと笑う。

「つまり、ゆりが特別ってことだよ」

心臓を言葉の矢で、射抜かれた。加速するドキドキに、顔をうつむけた。

……これを人は「恋」と言うのだろうか？

ドキドキする。隼人くんの言葉、仕草、笑顔に。

隼人くんのことが好きなのかな。好きってなんだ？　どういうことだ？

いじめられていたとき、こんなふうに心にゆとりなんてなかった。毎日生きることに必死で、恋について考えている余裕はなかった。

でも今は、空の色や吹く風に心を委ねる時間さえある。まわりの景色に、意識を向けられなかった。

意地悪なことをして、心のない言葉を浴びせて笑っていた人たちを恨む他なかった。

私と同じ苦しみを味わえばいいのに。

いつか、この人たちも死にたくなるぐらい辛い想いをすればいいのに……と。

そして、誰も助けてくれない孤独の中で、嘲笑《あざわら》われて、言葉と実際の暴力で、身も心もおかしくなっちゃえばいい。

そんなふうにいつもみんなのことを心の中で罵倒《ばとう》し続けていた。

心が崩れ去って、醜くなっていく様《さま》が自分でもわかっていた。

……ずっと、ずっと、苦しかった。

私はずっと、ひとりぼっちだった。私は優しくなんか、ない。

でも今は、隣に心を許した人がいて、目の前には空と田舎町がある。田んぼが、畑が、川が、ある。

私は自然と笑えて、自分のことを話せて、自分のことを話してくれる人がいる。

心穏やかに、誰の不幸も願わずにいられる。

今感じている幸せは、タイムリミットがあるから感じられているのかもしれない。

だけどそれでもいい。私の意識が、感情がなくなるまで、私はこのままで、生きていたい。

それは、許されますか？

自分で自分の人生にピリオドを打った私でも。

それは、許されていいですか？

幸せは私には似合わないのだと思っていた。

けれど違う。受け止め方がわからなかっただけだ。

――私は、今、幸せだ。

そう、心の中で呟いて、笑えばいいだけの話だった。

素直に笑えなかった。笑うことができなかった。心が固まって、自由がきかなかった。

けれどそれがほぐれて、笑えるようになった。

笑えないまま、消えなくてよかったのかもしれない。

「よし、行こう」

「うん」

昼休みになり、私と理香子ちゃんは学校を抜け出した。

先生たちに怒られるのは、百も承知の上での行動だ。でも、そんなことよりも、美樹ちゃんの行方のほうが大事に違いない。

隼人くんは「気をつけてね」と、こっそりかばんを持ったとき、察知してくれたのか、声をかけてくれた。深く頷いて教室を出たのは十五分ほど前の話。

田舎道を行き、電車に揺られた。無人駅を利用するのは、初めてだった。切符を買うのは機械だったけれど、帰りの切符は機械ではなく、設置されていたボロい木箱に入れるらしい。理香子ちゃんに教えてもらった。

「美樹、大丈夫かな……」

誰もいない車両。私と理香子ちゃんで貸切状態だ。

不安げな表情を浮かべながら、理香子ちゃんがうつむいている。

「どうだろ……」

こういうとき、元気づけられるセリフを言ってあげられたらいいのだけど。でも、「大丈夫」だなんて適当なことも言いたくない。行って確かめないことには、何もわからないのだから。

「あ、そうだ。はい、これ」

差し出されたのは、チョコレートだった。

「これは私たちの記念すべき初めての旅なんだから、楽しく行こう」

「え？」

「うふふ」

落ち込んでいた顔を一変させて、理香子ちゃんが笑う。

……なんて強い人なんだろう。

「ありがとう」

もらったチョコレートは、甘くて、すぐ口の中で溶けてなくなった。

すると、かばんの中からまた違うお菓子を取り出した理香子ちゃんの準備のよさに笑いが込み上げる。

楽しむ気満々だったのが、伝わってくる。

それでもその心の裏には不安があるんだろうなって思うと、私が暗い顔していられない。一番美樹ちゃんの安否を心配しているのは、気丈に振る舞っている理香子ちゃんなのだから。

遠慮なくお菓子をいただき、ふたりで笑って、片道二時間の電車移動を過ごした。途中の乗り換えも、慣れない土地に慌てたけど、なんとか遂行《すいこう》することができた。


ようやくたどりついた最寄り駅。改札を抜けて、コンクリートの道へ出た。

マンションやコンビニ、やや高い建物が並んでいるこの街並みは見慣れていたはずなのに、少しだけ懐かしい。まだ、三日しかたっていないのに。

そして、少しずつ学校へ近づくにつれて、私の心も落ちつかなくなっていった。

「大丈夫？」

「うん、平気……」

学校の手前にある信号が青に変わるのを待っていると、顔を覗き込んできた理香子ちゃんと目が合う。

……大丈夫。大丈夫。

そうやって言い聞かせていないと、動悸《どうき》と目眩で倒れてしまいそう。

ぽつ、ぽつ、と、クラスメイトたちの顔が頭に浮かんでくる。私を鋭く睨む鬼の形相《ぎょうそう》、泣く私を見て笑う顔、関心のない横顔。それらが私の呼吸を乱す。酸素を上手く吸い込めなくて、苦しい。

「ちょっと休もう」

「うん……っ」

フラフラと、おぼつかない足取りになっていた私。とっさに体を支えてくれた理香子ちゃんに甘えて、歩道の端に座り込む。

そして近くにあった自動販売機から、理香子ちゃんがお水を買ってきてくれた。

「ありがとう……ごめんね」

「今日はやめとく？」

「……ううん。せっかくここまで来たんだから、行こう」

またここに来るほうが、メンタル的にキツい。

へらっと笑うと、「わかった」と理香子ちゃんが頷いてくれた。しばらくして立ち上がると、再び学校までの道のりを歩いた。

もうすぐで帰りのホームルームが始まる時間になる。それが終われば、帰宅部の生徒たちが出てくるはずだ。無論、私は帰宅部だった。

校門前に到着して、私たちは中の様子をうかがった。生徒たちが出てくる気配はまだない。

「待ってよう」

「うん」

頷いて、校門の柱に体重を預けて待った。

空を見る。田舎の空と同じはずなのに、少し霞《かす》んで見えるのは気のせいだろうか。

車が次々と走り去っていく。電話しながら歩くスーツのサラリーマン、ヒールを履きこなす金髪の女性が目の前を通りすぎていった。

知らなかった。こんなにも町の風景は場所によって変わるものなんだ。

――キーンコーンカーンコーン。

チャイムが鳴った。しばらくして、帰宅する生徒たちが続々と出てきた。グラウンドにも運動部の人たちが溢れてきて、静かだった学校が賑《にぎ》やかになった。

私は目を凝《こ》らして自分を探す。自分で言うのもなんだが、私は影が薄い。幸も薄かったけれど　見すごさないように、細心の注意を払う。

ああ、太鼓を叩かれているかのように心臓が暴れている。

知らない先輩たちばかりが通りすぎていく。たまに同級生が混じっているけれど、クラスメイトではない。顔を見たことがあるってだけだ。

「どう?」

「……うちのクラス、まだホームルームが終わってないのかな」

ここは過去だ。だが、九月三日の帰りのホームルームが長引いたかどうかなんて覚えていない。

しばらくして、帰宅生徒のピークがすぎた。それからほどなくして、クラスメイト第一号を発見した。感動したわけじゃないのに、胸が熱くなる。単に懐いているのだ。

あのふたり組はたしか、私のいじめに関して、無関心だった人たちだ。無関心だったのか、関わりたくなくてわざといじめから一番遠い場所で、目を背けていたのかは知らない。

近づいてくる。笑っている。楽しそうだ。普通の、女子高校生だ。かたわらでは、ひとりの女の子が自殺をくわだてるほど残酷ないじめを受けていたのに。

汚い心が出てくる。心の中が醜い嫉妬《しっと》でいっぱいになる。

……私だって本当は、あなたたちみたいに笑って普通の高校生活を送りたかったんだよ。

平凡で、ありふれた毎日でよかった。特別なイベントも、サプライズもいらなかった。

ただ、いじめがない人生を歩みたかっただけなんだ。

それは、高望みしすぎ？　そんなに、難易度が高いこと？

「ねね、これからハンバーガー食べに行かない？」

「賛成。私、ポテト食べたーい」

そんな会話を繰り広げながら、私の目の前をその子たちが通りすぎていった。

体の力が抜ける。緊張が解けた。と、思った瞬間だった。

「あいつ、今日もマジできもかったよね」

「なんでこんなに毎日いじめてんのに学校来るんだろう？　鈍感《どんかん》？」

「同じ空気吸うのも嫌なんだけど」

聞き覚えのある声。笑い、声。

こんなに太陽が頭上で燦々《さんさん》としているのに、悪寒《おかん》がした。吐いてばかりで、息が吸えない。

……それは、私をいじめていた女の子たち三人組の声だった。

門から出てきて私たちの前を通るとき、リーダー格だった坂本杏梨が私たちのほうを見た。

目が、合った。時が止まったかと、思った。

けれど次の瞬間に、その三人組は何事もなかったかのように歩き去っていった。

一秒が、とてつもなく長く重く感じた。

「……っ……」

いじめ、られなかった……。

美樹ちゃんの姿をしているから、当たり前のことなのに、安堵している自分がいた。

口の中も喉も一気に渇いてしまった。

先ほど理香子ちゃんにもらった水の残りをいっきに飲み干した。

「ゆりちゃん来た？」

「……うん、まだ」

物腰の柔らかな理香子ちゃんの声に耳が癒やされて、硬直していた心がほぐれていく。

返事をすると、また、帰宅していく生徒たちを凝視して見送った。

それからまた時間がたっても、〝私〟はいっこうに現れなかった。もう帰宅部の人たちは出尽くしたのか、校舎から出てくる生徒がいなくなった。

おかしい。こんなに帰宅時間が遅くなるわけないのに。

「……ちょっと捜しに行こうか」

「え、ちょ、ゆりちゃん……!? いいの!? 勝手に入っちゃって……っ」

自分でも大胆すぎる行動かなと思った。だけどじっとしていられなかった。

友だちもいないし、部活動にも入っていない。いじめの主犯格の女の子たちも帰った。なのに出てこないなんて。

　こんなの、どう考えたって、おかしい。

　ずんずん進んでいく。けれど、姿を見られないように慎重に。とくに先生なんかに見つかったら、絶対に面倒くさいことになる。

　音楽室のほうから吹奏楽部のチューニング音が聴こえてくる。なんの楽器の音かまでは、わからない。

　階段を上って、私の通っていた教室に向かった。

　三日前の未来で、もう二度と足を踏み入れたくないと願った場所だ。

　廊下を歩き、たどりつく。恐る恐る教室を覗くと、そこには誰もいなかった。

「教室、ここ？」

「うん。でもいないね……」

　私の後ろを身を屈《かが》めてついてきていた理香子ちゃん。私の席を確認しても、そこにはかばんがない。

　もう帰った？　見逃してしまったのか？　いや、でも、そんなわけ……。

　そのとき、ふと思い出したのは、もう使われなくなった旧校舎の一階の端にある、薄汚れた教室に閉じ込められたときの記憶だった。

　これ……今日のことだっけ？

　記憶を遡ってみるけれど、思い出せない。だけど、行ってみる価値はある。

「理香子ちゃん、ついてきて」

「うん……っ」

踵《きびす》を返して来た道を行く。一階に下りて、渡り廊下を歩く。もう物置としてしか使用されていない旧校舎につくと、一番奥まで向かう。ここが使われなくなったのは、もう何年も前の話だと聞いた。廊下にまで荷物が溢れ返っている。

掃除もほとんどされていないからか、少し歩くと埃《ほこり》っぽく、薄暗いから不気味にも感じる。奥に近づくにつれ、女の子のすすり泣くような声が聞こえて固唾《かたず》をのんだ。

「まさか……幽霊？」

後ろにいる理香子ちゃんは、怯《おび》えたように私の制服の裾《すそ》を掴んでいる。

幽霊……か。あながち間違いではないかもしれない。

一番奥の教室の扉を見る。開けさせないようにしてあるのか、扉にはほうきが引っかけるように設置されてあり、簡単に外れないようにガムテープで頑丈に固定されていた。

……覚えている。次の日の朝、閉じ込めた女の子の集団が来るまで誰も助けに来てくれなかった。

『まだここにいたの？　きもッ！』

『ってことは風呂にも入ってないよね？　きたねぇー！』

『くっさ！』

覚えている。浴びせられた言葉も、軽蔑の視線も。

その日、帰宅して「どこ行ってたの!?」と心配する両親に「友達の家に泊まってた。ごめん連絡するの忘れてた」と嘘をついたことも。

両親はそのことに叱りながらも、ほっとしていた。

「もう……今度から連絡だけは絶対にしてよね？　でも、よかった。あなたにお泊りする仲の友達がいたなんて。なんか安心した。大切にしなさいね」

笑顔の母の顔を見られなかった。頷きながら、絶望を全身で感じた。そして脱力した。手に、身体に、すべてに力が入らなかった。

――もう、死にたい。そう思った。まさか、今日だったなんて。いじめが過酷《かこく》すぎて、いつ頃の出来事かも覚えていなかった。

ほうきを固定しているガムテープを外す。物音に気づいたのか「……誰かいるの？」との声。

……私の声って、こんな声だったんだ。

ぼんやりと、そんなことを考えた。ガムテープを外し終えてほうきをどけると、扉を開くことができた。

するとそこには、泣き顔で呆然《ぼうぜん》と私のことを見上げる〝私〟がいた。

「大丈夫？」

声をかけた。目の前の私は、驚いた表情で固まっている。

「立てる？」

「うん……っ」

「ひどいね。こんなところに閉じ込めるなんて」

しゃがみ込んで目線を合わせたあと、泣いている自分の背中をさする。

どうしてか、客観視してしまう自分がいた。でもそうでもしないと、泣いてしまうかもしれない。無意識に自衛しているのかも。

あのとき……ううん、ずっと……。私がしてほしかったこと。

誰かに、見つけてほしかった。一秒でも早く。だから真っすぐに目を見て、泣く彼女の背中をさすり続ける。

彼女の中に、美樹ちゃんはいない。私は、私のままだ。

泣き虫で、ひとりぼっちで、いじめられていて、それでいて、ずっと生きるか死ぬかを迷っていた。

そのときの私が今、目の前にいる。

……辛かったね。苦しかったね。寂しかったね。

誰かに気づいてほしかったよね。声を、かけてほしかったよね。

堂々とじゃなくてもいい、助けてほしかったよね。ずっと、差し伸べられる誰かの手を、待っていたね。

半年間、真っ暗闇の地獄の中で、一筋の光と助けだけを求めていた。けれど期待していたものは、何ひとつ私のところには来なかった。

生きることに耐える強さも、死ぬ勇気もなくて、毎日息切れして、限界だったよね。わかる。わかるよ。

どうして死んだあとも、自分を助けてくれるのは、自分だけなんだろう？

暴言を吐かれたら、悲しいよね。殴られたら、痛いよね。ものを隠されたら、焦るよね。苦しく、なるよね。孤独感に、死にたくなるんだよね。

家には家族がいるかもしれない。だけど、一歩外に出れば、学校という狭い空間に立ち入れば、そこに味方なんていない。

少なくとも、友だちに恵まれなかった私はそうだった。

家に自分を愛してくれる家族がいたって、外の世界での恐怖を考えると、生きる源《みなもと》なんて尽きてしまった。

目の前にいる憔悴《しょうすい》しきった哀れな自分と、死ぬことを選択した自分。そして、対面している両者を傍観してしまう自分がいる。

あなたは、いずれ、私になる。死ぬ運命をたどる。あと一ヶ月半もすれば、教室のベランダから身を投げる。

かける言葉は、もう見つからない。

「……助けてくれてありがとう」

青白い顔。彼女が泣きながら少しだけ微笑む。

立ち上がってペコリと頭を下げた。

そして、私の後ろの廊下にいる理香子ちゃんにも頭を下げて彼女は帰っていった。

「もしかして、今のって……」

「うん。私」

「じゃあ美樹は……？」

「いなかった」

私の中に美樹ちゃんがいなかったとなると、他に手がかりなんてない。

「……ごめんね」

「なんでゆりちゃんが謝るの？」

「だって私が美樹ちゃんの体にいなかったら、美樹ちゃんは普通に今もこの体の中にいて、こんなところにも来なくて済んだでしょ？」

私の存在が、美樹ちゃんにとっても、理香子ちゃんにとっても邪魔になっている。

それは間違いない。

「でも……」

「……？」

「ゆりちゃんを救えた。助けられた。……でしょ？」

思いもよらないセリフに目を見開く。

どうしてそんなふうに考えてくれるの？　どうしてそんなに優しいの？

「ゆりちゃんが美樹の体の中にいることには、絶対意味があるはず」

「……」

空いていた私の両手を、理香子ちゃんが掴む。

「帰ろう」

「……うん」

「それで帰りにクレープを食べよう」

「いいね、それ」

胸の中にじわじわと滲《にじ》んでいくものがある。何かはわからない。カタチも、色も。

ただ熱い。

それが血液にのって体中を駆け巡っていくように、ゆっくりゆっくり表情に表れる。

……私は、微かに笑った。

誰かに見つからないよう来た道を戻り、学校をあとにする。帰りの二時間は、心穏やかに過ごすことができた。

「ねぇ、理香子ちゃん」

「ん？」

「私、隼人くんのこと、好きになった……」

「えっ！　ほんと!?」

照れ臭くて、目線を泳がせる。

過去の自分に会ったら、余計に今、自分がいる環境が幸せすぎることに気づかされた。

電車に揺られながら、お菓子を分けて食べて、明日の授業について話して、他愛《たあい》のないことで盛り上がって。

そして、私は、とある男の子に恋をした。

今まではなかった、世界のどこかではありふれた日常の一部。

今すぎている一秒一秒は、すでに生きてきた時間だ。これはきっと、死ぬまでにできたアディショナルタイム。

たとえこれが一ヶ月半後には、なかったことになるとしても、噛みしめるべき幸せなことに変わりはない。

美樹ちゃんはいなかった。

もしも私が美樹ちゃんの体の中にいる意味があるなら、私は精一杯頑張るから。

もう少しだけ、この体にいさせてください。

……私に恋を、青春を、させてください。

きみは、光だから

朝。腕の数字が四十五になった。

今日は日曜日だけど、学校へ行くときよりも早くアラームをセットしていた。

隼人くんとの約束があるからだ。

美樹ちゃんには申し訳ないけれど、タンスやクローゼットの中身を出して洋服を吟《ぎん》味《み》する。

おしゃれなんてしたことがないから、わからない。

ただ、美樹ちゃんの服の趣味はかなりガーリーなようで、レースがあしらってあるスカートやワンピース、肩の部分が透けているものが多い。

色も白黒もあるけれど、淡いピンクやパープルといった私が着たことのない色のものがほとんど。

「どうしよう……」

頭を抱える。隼人くんに、ダサいなんて思われたくない。美樹ちゃんの持っている服はどれもこれまで私が避けてきた雰囲気のものばかりだし、なにより隼人くんに変に思われないか心配で心配で。オシャレなんて気にしたことなかったから。

考えに考えて、もうこれ以上吟味している時間がないと追い込まれたのちに白のワンピースを着ることにした。腰の部分に黒のベルトがあって、とてもかわいらしい。

美樹ちゃんの見た目だからこそ、似合う洋服だ。新垣ゆりが着ても、きっと似合わない。

「どこか行くの？」

「うん、ちょっと」

朝ご飯を食べていると、おめかしした私を美樹ちゃんのお母さんが不思議そうに見ていた。

なんと説明したらいいのかわからなくて、はぐらかす。

娘が男の子とふたりで出かけるって……なんとなくだけど言い辛い。

別にやましいことをするわけでもないのに。

「気をつけてね」

「はぁい。行ってきます」

見送られて家を出た。

夏が終わって、秋になろうとしている。季節の変わり目。まだ日差しは強いけれど、真夏の炎天下に比べればどうってことない。

今朝方、日が昇り始めたあたりで、少しだけ雨が降っていた。ほんの一時間程度。庭の花壇が濡れていて、今も、歩いている地面が湿《しめ》っている。少し遠くに目線を向けると、太陽の光が反射して、草木がキラリと光って見えた。

隼人くんとは十時に駅で待ち合わせをしている。

〈お疲れ。日曜日の件だけど、十時に駅で待ち合わせでいいかな？〉

〈ありがとう。十時ね。当日は、よろしくお願いします〉

美樹ちゃんのスマホが隼人くんからのメッセージを受信したのは、金曜日の夜のこと。

二時間かけて帰宅し、一息ついたときにスマホの画面が不意に光った。

たった一往復のやりとりをするだけで緊張した。

変に思われないか、文章を考えるのがこんなに難しいなんて。文章を考えるのは、わりと得意分野だった。高校も文系だったし。

改めて目線を下にして、自分の来ているワンピースを見る。変じゃないか、とても心配だ。

隼人くんはどんな格好をしてくるのだろう。どんな気持ちで待ち合わせしてくれているのかな。少しは私みたいにワクワクしてくれていたり、するのかな。

……なんて。

金曜日にも利用した無人駅の前。見覚えのある後ろ姿に胸が高鳴る。駆け足で近づくと、不意に振り返ったその人物と目線がバチッと合う。

案の定、隼人くんだった。思わず立ち止まる。

「おはよう。ゆり」

「おはよう、隼人くん」

「行こっか」

「うん」

白いTシャツに黒のベスト。あとジーパンというカジュアルな格好。後ろには大きなリュックを背負っている。手品に使う道具などがたくさん入っているんだろうなと、容易に想像がついた。重そうだがそれを感じさせない爽やかな笑顔。私もつられて頬が緩む。

一昨日も乗った路線の電車で、ふたりで肩を並べて座った。

「病院まで時間かかるけど、大丈夫？　乗り物で酔ったりする人？」

「ううん、平気だよ」

「そっか。ならよかった」

どこまで配慮が行き届く人なのだろうか。底知れない優しさに、感動すらする。緩みっぱなしの頬に気付いて、一度深呼吸をした。理香子ちゃんと過ごした時とはまた違ったワクワク感。友達と好きな人とでは、楽しさのベクトルが違うらしい。あまりにも浮かれすぎだ、私。

景色が移ろっていく。昨日、今日が楽しみすぎてあまり寝られなかったからか、段々とまぶたが重くなっていくのを感じた。危うく目をつむりそうになって、慌てて顔を横に振った。

「ゆり？　眠たいの？」

「ううん、大丈夫」

「無理しなくていいよ。寝てていいから」

にこやかに微笑まれて、私は閉じそうになるまぶたを何度もこじ開けた。けれどその努力もむなしく、いつの間にか眠ってしまっていた。

「ゆり……ゆり、ついたよ」

「……？」

そのことに気がついたのは、隼人くんに優しく肩をさすられ、起こしてもらったときだ。

冴《さ》えない頭と目。自分の罪を理解するよりも先に慌てて立ち上がった。私のせいで降り損ねた⁉と思うと寝起きのくせに素早く動くことが出来た。隼人くんのあとに続いて電車から降りて改札を抜けたあと、胸をなでおろすと同時に広がった見覚えのある景色に目を見開いた。

そこは一昨日も訪れた駅だった。そういえば、私が通っていた学校から徒歩圏内《けんない》に大きな病院があったことを思い出す。もしかして、ボランティアで行っているという病院ってそこのこと？

「行こうか。もう少しだよ」

「うん」

先導してくれる彼に駆け足で追いつく。振り向いた彼が立ち止まり、私に微笑みかけ、ゆっくり歩いてくれるようになる。歩幅を合わせて歩いてくれているのが伝わってくる。

風に煽られ、ワンピースの裾がふんわりと揺れる。時刻は正午。歩道に並ぶ木。その隙間から溢れる太陽の光。特別な会話がなくても、流れる時間はとても穏やかで居心地がいい。

このまま、時間が止まってしまえばいいのに……って、願ってしまうほど。


それから十分弱ほど歩き、たどりついた病院。敷地内に足を踏み入れ、エレベーターで一番上の七階まで上がった。

「看護師さんたちに挨拶してくるから、ちょっと待ってて」

「うん」

エレベーターを降りてすぐのところにあるちょっとしたスペースに私を座らせて、ここから様子をうかがえるナースステーションに隼人くんが笑って挨拶をしていた。

爽やかな好青年。誰がどう見たって、そう感じることのできる人あたりのよさ。見ていてとても癒やされる。彼のまわりからマイナスイオンが放たれているのではないかと思うほど。隼人くんの笑顔があれば、いくらでも頑張れそう。

そんなことを脳内で繰り返し考えていると、不意に振り返った隼人くんと目が合って驚く。

無意識に隼人くんを見つめてしまっていたことに気づいたからだ。

「どうかした?」

「う、ううん……っ」

戻ってきた隼人くん。顔をうつむかせて、首を横に振った。

隼人くんのことを見ていたことが本人にバレるのは、さすがに恥ずかしすぎる。

「じゃあ……さっそくだけど行く?」

「うん!」

リュックの中から、いかにもマジシャンですよ、といわんばかりの黒いシルクハットを取り出した隼人くん。

にやりと笑ってかぶったあと、七階にある病室全部をひとつずつまわった。

「あ! マジシャンのお兄ちゃん!」

「今日はどんな手品してくれるの!?」

訪れた先の部屋ではたくさんの手品が披露され、子ども達の顔に笑顔が咲いた。どうやら七階は小児病棟らしく、どの部屋にも小学校低学年の子から中学生ぐらいだろうか、少し大きな子まで、何人かの子どもたちがいた。

個室の男の子にも、女の子にも、ゆっくり、丁寧に説明をして手品を行なっていた。呼吸器がつながれてあって、上手く声を出せない子も中にはいたけれど、耳を近くに寄せて一生懸命に言葉を拾う隼人くんの姿に感動する。

……やっぱり、隼人くんの夢ってすごい。

同じ年なのに、こんなに素晴らしい夢を見つけて、心優しい人間としてこの世界に生きている。彼の存在が尊《とうと》い。

小さな体に病気を抱える子どもたちにとって、隼人くんは優しい光のような存在なんじゃないかな。

だって私にとっても、そのように感じるのだから。


時間をかけて各病室をまわったあと、下の階にある食堂にふたりで向かった。どうやらここは食券を買って、それを窓口のおばちゃんに提出する仕組みらしい。食券機の横にある手書きであろうメニューを、ふたりで肩を並べて眺める。

「ここのカツカレーおいしいんだよなぁ」

「じゃあ私、カツカレーにしようかな」

「僕も」

ふたりでカツカレーを頼むことにした。隼人くんはその際に大盛りにしていて、そんなところを見ると、やはり男の子だなぁと、しみじみ思う。

向かい合って窓際のテーブル席に腰を下ろす。手を合わせていただきますをして、ルーと白米をスプーンですくってぱくっと食べた。

「ん！　おいしい……！」

「だろ？」

「ふふふ。うん、とっても！」

辛すぎず、だけどスパイシーな甘みがある。こういうのを〝昔ながらの〟と言うのだろうか。

何より、隼人くんと食べているということも、「おいしい」という意味に含まれている。そのことに隼人くんは気づいてくれているかな。

私は隼人くんといるだけで、楽しくてしょうがない。幸せで、しょうがない。

「今日はゆりがいてくれて助かったよ」

「え？」

「ずっと重たい荷物持たせててごめんね。疲れてない？」

　病室を隼人くんがまわっている間、来るときに背負っていたリュックを預かっていた。

「ううん、大丈夫。それより隼人くんの手品をたくさん、しかも近くで見られて私も幸せな気分になったよ」

「本当？」

「うんっ」

　隼人くんの夢をたしかに、身近に、感じられた。

　今日は、本当に特別な一日だった。

「……本当はさ、もうここに来るのはやめようと思ってたんだ」

「どうして？」

　スプーンを置いた。隼人くんもだ。

　神妙な面持ちの彼に、私はトレーにのっている水の入ったコップを取って、一口飲んだ。

「うん……たまにさ、前に来たときにいた子がいなかったりするんだよね」

「……」

「次もあのマジックやってねって約束……叶えられないまま、会えなくなることも少なくない。あの子、まだ退院の予定なかったのにな……って。そのたびに苦しくなっちゃって……もう来るのはよそうって考えてた」

悲しい笑顔。口元を無理に持ち上げて、憂《うれ》いを含んだ目線、瞳。私まで、悲しくなる。

生きたくても、生きられない人がいる。そのことを知っている人が目の前にいる。

そして、みずからの手で命を手放した私が、いる。

ここで隼人くんのマジックを心待ちにしている子の中には、自分の命の期限を知らされている子もいるだろう。そんな子たちに私は、能天気な気持ちで会ってしまった。なんて、罰《ばち》当たりなのだろう。きっと、私のことを知れば憎《にく》くなる子だっているはずだ。

「助けられないんだ。僕には。生きたくても、生きられない人を」

「それは……」

「ゆりのことだって同じだ」

「違うよ。それに、私は助けてもらったし……」

「違わないよ。ゆりも、生きたくても、生きられなかった人でしょ？」

心の奥底を揺らされた。真っすぐ見つめる瞳は、私の目を捉えて離さない。

私が……？

「……っ……」

たしかに、生きたかったよ。本当は。いじめられない人生の中で、生きたいと願っていた。けれど叶わなかった。いじめは終わらなかった。そんなふうに考えたこと、なかった。

私も、生きたくても、生きられなかった人なの……？

「最初から死にたかったわけじゃないでしょ？」

「……うん」

「でも、僕が逃げててもダメだってわかったんだ。最後の瞬間まで笑っててもらいたい。子どもたちにも、……ゆりにも。……さ、食べよ？　冷えちゃうよ」

ぱくっと、カレーを頬張《ほおば》りながら、隼人くんが「おいしい」って言う。

「……私もだよ、隼人くん」

「え？」

「隼人くんには笑っててほしいな。いつまでも」

その、変わらない笑顔で。まわりを穏やかにさせてくれる、その陽だまりの笑顔。その笑顔があれば、間違いなく世界は優しい光に包まれるから。

驚いた様子の隼人くんに笑いかけて、カツを一口食べる。

「おいしいね」

「……うん。おいしい」

ただ、こうしておいしいものを食べる。それだけで、とてつもなく幸せを感じる。あと一ヶ月半の中で、笑って生きることはもう、隼人くんがそばにいれば容易な気がする。

死にゆくまで、あと、四十五日。あとどれだけ笑い合えるだろう？　どれだけ思い出を作れるかな？

考えてしまうと、ちょっぴり切なくなる。

その笑顔の先に自分がいることの幸せに、心がじんわりと発熱した。

純粋に離れたくない。ここを。隼人くんの近くから。

……ああ、もう本当に。

カレーを食べたあとは違う階の人たちに手品を見せて、病院をあとにした。行きの電車では私が寝てしまったけれど、帰りは隼人くんが寝てしまった。

まつ毛が長く、無防備に少しだけ空いた口がなんとも愛らしくて、微笑ましい気持ちで見てしまった。

途中、私の肩にもたれてきた隼人くんの体に緊張して、寝心地は悪くないかと心配で身動きがとれなくなった。

そして、だんだん帰るべき田舎の風景に車窓の風景が移ろいていくほど、電車の中からまたひとり、またひとりと人がいなくなっていった。耳元で聞こえる吐息が、くすぐったい。

今日はたくさん頑張ったから、疲れちゃったんだよね。でも、かっこよかったよ。たくさんの人の笑顔を作っていた。

──プシュー。

プルトップを持ち上げたような音。降りるべき駅のひとつ前の駅に電車が停車した。時刻は午後七時前。日は沈み、夜になっていた。

いくつもの大粒の星が輝き、月が丸く堂々と暗闇の中に出没している。起こすのも忍びないけれど、起こさないと、私には彼を抱えて帰れる力はない。

「隼人くん……隼人くん」

「んっ、んんっ？」

「起きて、もうすぐつくよ」

寝ぼけているのか、かわいらしい掠《かす》れたような声が彼の口から漏れる。

「隼人くん？」

「……ごめん、起きるよ」

「ごめんね」

むくっと起き上がる彼。ふとこちらを見た隼人くんの顔がすごく眠そうで、琴線《きんせん》に触れる。そしたら、隼人くんが私の頭を撫でて「なんで謝るの？　起こしてくれてありがとう」と、ふんわりと笑った。

独特の間。彼特有の、朗《ほが》らかな雰囲気にのまれる。頭のてっぺんから離れた大きな手は、彼の大きなあくびを隠すように口元にいった。

無人駅に降り立つと、草や土のいい匂いに安心感を得る。どちらかというと、私の故郷は今までいた都会のほう。なのにこちらの田舎が落ちつくのは、なぜなんだろう？

「ゆり、家まで送るよ」

「い、いいよ！　ひとりで帰れるし……っ」

「ダーメ。こんな時間に女の子ひとりじゃ危ないよ。……手でもつなぐ？」

「……っ⁉」

茶目っ気たっぷりに笑う彼。おちょくられたのか、本気なのか微妙なライン。

つなぎたいけれど、それを告げたら引かれそうで怖くてとても言えない。……でも、つなぎたい。言え、ない。

「……ゆり？」

優しい声。名前を呼ばれて顔を上げる。

「ほら」

差し出されたのは、手。私は深く考える前に、その手に自分の手を伸ばした。考えればきっとその手を掴めなくなる。

手を重ねるのは、屋上で助けてもらったあのとき以来。男の子の手のひら。ぬくもり、感触。愛しい。ドキドキする。気持ちが溢れてくる。

頭が真っ白になって、上手く思考回路が働いてくれない。

……ただ、たくさんの感情が溢れてくる。

言葉じゃ表せない。明るい色。重なって、新しい色に変わっていく。色と色の境目も、グラデーションになって美しくなっていく。目に見えない心の中のキャンパスが、染められていく。

もともとの私の色に、きみの施すデザインで、きみ色が。

「あ、……蛍《ほたる》！」

口をついて出たセリフ。目の前を小さな光が消えては現れ、たゆたうように飛んでいた。

「ほんとだ。この季節に飛んでるなんて」

「二匹いるよ！　ほら！」

暗闇の中で寄り添うように、そして離れて追いかけるように、光を放って二匹で飛ぶ蛍たち。

立ち止まって見惚れていると、隼人くんの手に力が入ったことがわかった。

横目で隼人くんのことを見る。真っすぐ前だけを向いて、真剣な表情。何を考えているのかはわからない。

どうして手をつないでくれたのか疑問に思う。

ただ隼人くんが優しいだけだと言われれば納得できる。田舎の、視界の開けた道で、迷子の心配をしてくれているのかもしれない。

けれど、それとは違うところに理由を探してしまう。あればいいとすら、願いに近いカタチで思っている。

言葉にしたい。どうして？　って。そうしたら、隼人くんは答えてくれるのかな？

好きって私が言ったら、困るかな。

どんな反応するのかな。ちょっとした好奇心が湧く。そんな勇気なんてないくせに。

想像だけは、いっちょまえ。

「僕さ……」

「うん」

ジャリ。靴と地面が擦れる音。隼人くんと向かい合う。

「この先もずっと、ゆりに生きててほしい」

はっと、息をのむ。

風はない。でこぼこ道の途中。田んぼと細い川に挟まれた場所。頭上には満天の星空。遠くでは、家屋の電気がぽつぽつと見えるだけ。

まわりはとても静かだ。本来なら鈴虫の音や、川の水が流れていく音、自分の心臓や隼人くんのちょっとした息づかいが聞こえるはずなのに。それらがいっさい聞こえない。

「ごめん。今から言うこと全部、ゆりのこと傷つけるかもしれない。だけど聞いてくれる？」

こういうところだ。彼が優しいのは。

ちゃんと選択肢を与えてくれる。

私は、隼人くんのことを信じている。

だから深く、頷いた。たとえ傷つくことになっても、隼人くんの言葉を聞きたいと心から思った。

「……ゆりのこと、好きなんだ」

呼吸が止まる。息がまともにできなくなる。時間にすると一秒ほどだった。だけど、永遠に似た時間だった。

「消えないでほしい。一年後も十年後も……ゆりには生きていてほしい」

切なる願いなのが伝わってくる。自意識過剰なんかじゃない。

〝私なんか……〟って自分のことを下げてしまう発言をする間も与えてくれないほど、真っすぐに彼の言葉が心の中に飛んでくる。

「ごめん。本当にごめん。困らせると思う。でも、ゆりがいなくなるなんて嫌なんだ……」

「うん……」

「おかしいよな。出会って少ししかたってないのに。こんなに好きだなんて。でも、好きなんだ」

胸の奥が苦しく、切なく、痛む。

私は軽く唇を噛んだあと、口の両端を持ち上げるように笑って、私に「生きて」と涙を流す隼人くんの頬に空いている手を伸ばした。

「泣かないで」

どうか、泣かないで……。

「ごめんね」

ごめんなさい。悲しませてしまって。本当に、申し訳なく思っている。

私も悲しい。隼人くんと歩める未来がないこと、それが今はたまらなく苦しい。

「私も、隼人くんが好きだよ」

微笑むと、私の目からも涙がこぼれた。

あぁ、もう、伝える勇気なんてなかったのに。

どうしてこんなに惹《ひ》かれるんだろう？

「でも私は消えちゃうよ……っ」

きみに出会う前に、未来で、死んだ。死んで、会いに来た。

生きていたら、きっと出会えなかった。

「好きなのに、ごめん……っ」

生きられなくて。ずっとそばにいられなくて。

――死ななければよかった。

生きてきみに出会う運命はなかったのかな。私たちは最初から、こんな運命だったのかな。

恋をして、さよならをする、残酷な運命。

……私は知らなかった。

世界には、きみみたいな優しい人がいること。誰かを好きになると、世界がこんなに明るく輝くこと。

好きな人に明日も会いたいと、明日を迎えたくなること。生きたくなること。

たとえ世界中の人が敵でも、どんなに嫌なことがあって死にたくなっても、好きな人に好きだと言われたら、生きていく勇気が湧いてくること。未来が、楽しみになること。

「ははっ、僕たち泣き虫だ……っ」

「ほんとだよ……っ」

「こっち向いて？」

つながっていないほうの手が私の目元に触れた。優しく指が涙を絡め取る。

四十五日後、命日を迎えたとき、私が消え、もしかしたらここにいたこともなかったことになるかもしれない。

ここは一種のパラレルワールドで、私が勝手に作り出した世界かもしれない。

何が起きているのか、誰にも説明できない時間軸にいるのだから、何が起きてもおかしくない。

だから、もしかしたら、隼人くんの中の想いは、四十五日後には私の存在と記憶と同時にないものになってしまうかもしれない。

それでもたしかにここに、私たちが恋に落ちたことをどうにかして刻みたい。つなぎとめたい。

「ゆり、好きだ」

「私も……」

恋をカタチにする方法など、知らない。あるのかも、定かではない。

私たちはお互いの額をくっつけ合い、涙した。

幸せを噛みしめて、つないだ手に力がこもる。

……忘れない。私は絶対に忘れないよ。

生きてきた中で、間違いなく最高の瞬間。毎秒ごとに幸福度が上昇する。

つないだ手を、気持ちを離さないと、お互いに握り直す。

そして家路についた。

私は与えられたこの時間、自分のためだけに生きてもいい時間なのだと、改めて実感した。

不幸だったぶん、幸せになっていいものなのだと信じて疑っていなかったんだ。

生きて、生きて……生きて

次の日の朝、目覚ましが鳴る前に目覚めてしまった。

月曜日。私がこの田舎に飛ばされて六日目の朝。新しい一週間が始まる。

カーテンを開けて、朝の眩しい光に目が眩んだ。だけどそれにも慣れてまばたきすると、両手を天井に突き上げて伸びをした。

朗らかな朝だ。充実した気持ちで眠りについて、こんなに穏やかな気持ちで目覚めたのはいつぶりだろう？

まだ、耳に残っている。隼人くんの「好きだ」というセリフ、声、表情。

目をつむって鼻から息を吸うと、一気に昨日の夜に巻き戻る。空気感や、鼓膜を揺らしていたわずかな振動さえ、リアルに覚えている。

顔を洗って、髪の毛をクシでとかして、制服を着た。腕の数字は四十四になっていた。

一週間にも満たない期間でふたりともが恋に落ちる。そして、つながった。そんな奇跡ってある？

恋に落ちるのに時間って、関係ないんだ……。

不思議なほど心が重くない。とても軽い。水を含んだスポンジのように重かったはず。だけど今はしぼりたてのように軽いんだ。

ただ、幸せが詰まっている。うれしさと、喜びと、たくさんのプラスな感情。こんなの、初めて。

「行ってきます」

家を出た。真っすぐ前を向いて歩くだけでも、空が広がっている。背の高い建物がないから、開けているんだ。

そういえば私、地面ばかり見て歩いていたのに、ここに来てからというもの、前を見てちゃんと歩いている気がする。

私自身、ここに来て変わってきたのかな……。

でももう一度、あの地獄の日々に舞い戻っても、強くあり続ける自信は、ないけれど。今置かれている環境に改めて感謝しながら歩みを進めた。


「美樹ちゃんおはよー」

「おはよう」

学校につき、下駄箱に入ったところでクラスメイトに声をかけられた。笑顔で挨拶を返すことができた。

そして、靴から上靴に履き替える。その足で私は真っすぐに屋上へと向かった。たどりついた屋上にはまだ、隼人くんがいなかった。

私はかばんを入り口の近くに置いて、少し奥に進んで空を見ながら深呼吸。

泣いてもう一度死のうと思った日も、恋をしたと実感した日も、きみが私を好きだと言ってくれた日の空も、全部、全部、違う。

同じ場所、同じ高さから見ても、全然違う。空は、とても気分屋なアーティストだ。晴れだったり、曇りだったり、雨だったり。時には氷を降らして、雷をも落とす。

目を閉じて、幸せの記憶上映会を開始する。まず映し出されたのは、隼人くんの笑顔で、そして……。


「ゆり」

声が響いた。これは脳内の映画館からの声ではない。目を開けて、声がしたほうを振り返る。すると、やっぱりそこには隼人くんがいた。

「おはよう」

「おはよう、隼人くん」

自然と笑顔になってしまう。今日も会えた喜びに飛び跳ねたくなる。

「デレデレだね」

「ダメかな?」

「そんなことないよ」

「教室では気をつける……」

「できる?」

「頑張る……！」

空手の選手のように両手で気合を入れると、それを見た隼人くんが「ま－た、かわいいことしてる」って無邪気に笑った。

「ゆり」

「え……？」

甘く名前をささやかれ、後頭部にまわる手。そのまま強く抱き寄せられた。

いきなりのことで軽くパニックになってしまう。

「あはは、顔真っ赤！」

お互いの間に少し距離ができ、彼が私の顔を見た。

案の定指摘され、両頬を両手のひらで包む。恥ずかしくて逃げ出したい気分。

「隼人くんの意地悪……」

「好きな女の子相手だと、男の子はみんなそうだよ？」

そう、なの……？

「ほら、ゆりもしてきていいんだよ？」

「……っ……」

背の高い隼人くんが両手を広げる。そしてまるで小悪魔のように、首をかしげた。

待っている。これは、抱きつくまで終わらないやつだ。

……あざとい。

「……～～っ！」

そして私は意を決して、目を思いきり閉じてから彼の胸に飛び込んだ。顔から湯気が出るかと本気で思った。それくらい恥ずかしくて、ドキドキした。

すると隼人くんが「ああ、もう、バカ」と言って、私の体をきつく抱きしめ返した。

「かわいすぎ」

「……」

そんなことないって言おうと思ったけど、そう言ったらそれを今度は否定される未来が見えた。だから私は、黙ってしがみついていた腕に力を込めた。

安心する。心臓の音が聴こえる。ぬくもりが心地よい。

「……眠れる」

「立ったまま？」

「うん」

「ふはっ、それはすげぇな」

背中を撫でられる。よしよしと、頭の上で手が跳ねた。

そのあとは座って隼人くんの手品を見た。今日は次から次にコインが消えていく。

と、思ったらあらぬところからコインが出現した。

私の背中だったり、髪の毛の中からだったり、右手かと思えば左手だったり。きれいな手が魔法をかけている。その仕組みを必死に見破ろうと、素人が奮闘したところで何もできやしない。彼は、いとも簡単にやってみせるのに。

「そろそろ行くか」

「うん」

教室まで、隣を歩く。あと一センチ隣に行けば腕同士がぶつかってしまいそうな距離。ただ、それだけ。それなのに特別で、心底贅沢な時間を過ごしていると自信をもって言える。

彼の横顔を盗み見ようとして目線を動かすと、目がばっちりと合ってしまって、ふたりで声をあげて笑った。


午前の授業を終え、昼休み。お弁当を食べ終え、自分の席に戻って一息ついているときだった。

「ねえ、最近、美樹よく隼人と一緒にいない？」

「たしかに。私も思ってた！」

急にクラスメイトふたりに話を振られて焦る。

しかも、よく一緒にいる理香子ちゃんや隼人くんは私のことを〝ゆり〟と呼んでくれるから大丈夫だけど、〝美樹〟と呼ばれるとすぐに反応できないことのほうが多いから、今も少し、話しかけられたことに気づくのが遅れた。

「付き合ってるの？」

「つ、付き合ってないよ……！」

とっさに否定の言葉が出る。

好きだし、お互いに好きだと言ったけど……。

でもそれは〝ゆり〟としてであって、美樹ちゃんではない。

腕の数字が〝0〟になったとき、どうなるかわからないけど、クラスメイト全員に本当の説明なんてできっこないし、とても信じてもらえない。

だから、この返事は間違っていないはず……。

「なーんだ。付き合ってたら面白かったのにぃ」

「てか最近の美樹、ちょっと大人しいよね」

鋭い指摘にギクッと肩を揺らす。

ど、どうしよう……？　なんて言えば丸くおさまる……？　このままだとバレてしまうんじゃ……？

絡まる思考回路にパニックになる。だけど私の返答を待たずにクラスメイトが「でもさ」と続けた。

「今の美樹のほうがいいよ」

「うん……。前の美樹はちょっと怖かったしね……」

顔を合わせるふたりに「え？」と声を漏らす。するとふたりが慌てて「あっ、ううん！　気にしないで！」、「変なこと言ってごめんね」と、ぎこちなく笑いながら去っていった。ふたりの言葉を疑問に思いながら、まばたきを繰り返す。

……今の、どういう意味だったんだろう？

「どうかしたの？」

「隼人くん……ううん、何も」

「そう？」

私の前の席に腰を下ろした隼人くんは、「ところでさ」と話を続けた。

「うん？」

「放課後、僕とデートしない？」

「え？」

頬杖をついて微笑む隼人くんに一瞬見惚れそうになって、はっとする。

「ダメなの？」

「っ、ダメじゃない……！」

「はは！　うん、よかった」

フリーズしていた私。慌てて返事をするとクスクス笑う隼人くんに、胸がときめいて頬に熱を感じる。

……デート。デート？　デート。

頭の中で響くその単語。ゆっくり噛み砕いて幸せを噛みしめる。まさか、この私がデートなるものを体験できる日が来るなんて。

ずっと憧れていた。どうしよう。放課後が、楽しみすぎる。


すべての授業が終了し、とうとう放課後。

みんなが「ばいばーい」と帰っていく中で、ひとり、緊張した私の目の前に立つ人影。見上げると隼人くんが「行こう？」と微笑んだ。私は、こくりと頷いて立ち上がった。

イスの足が引きずられる音。放課後の喧騒《けんそう》。私と隼人くんは肩を並べて廊下を歩く。

自分の心臓の音が、やけにうるさい。

「ゆり」

「な、何っ？」

「はは、緊張してる？」

「う、うん」

クスクス笑って、隼人くんが私の手を握る。

いつも私を笑顔にしてくれる手。細くて長くて大きくて。なのに器用で、繊細で。

「僕もだよ」

ふと彼の横顔を見ると、少し照れたように頬を赤らめていた。目が合って、思わず
「ふふっ」と笑い声が漏れて緊張の糸が少しほぐれる。

心の温度が同じなのが伝わってくる。好きな気持ちも、デートが楽しみで、だけど
緊張しちゃっているのも。

感情のカタチ、琴線。そういったものが私たちは似ているのかもしれないね。

「どこ行くの？」

校門を出てすぐ、私は尋ねた。

「ゆりを連れていきたいところがあるんだ」

「うん……？」

ニコニコ笑うだけで具体的な場所は教えてくれない。学校の最寄りにあるバス停で
バスに乗る。十分ほどして下車し、五分ほど代わり映えしない田舎町を歩いた。

隼人くんに手を引かれて少し傾斜のある道を行き、たどりついた先の景色に目を見
開く。

そこにあったのは一面に咲き誇る秋桜。きれいなピンク色。バックの空の青も美し

くて感動が押し寄せる。

「わあ……すごい……」

「気に入った？」

「うん、すごく」

まばたきするのも惜《お》しくなるほどのきれいな景色に、心を奪われる。

そのままその景色を眺めていると、不意に私の手を握る隼人くんの手に力がこもる。

彼の顔を見るけれど、相変わらず前を向いたまま。

目が合わないことに不安になるけれど、それは隼人くんも同じ気持ちなんじゃないかと気がついて、私も手に力を込めた。

そうしたら隼人くんがはっとしたように私の視線に気がついて、「ごめんね」と切なく口角を上げた。私は首を横に振って「大丈夫」と言った。

……きっと私たちは同じことを考えているはず。

こうして、この景色をふたりで見られるのは、これが最後だってこと。

来年の秋、この秋桜が咲く頃、私はきっとこの世界にはいないから。

別れが決まった出会い。恋。つながった気持ち。

私は消えるのを待つだけだけど、残された隼人くんはどうなっちゃうんだろう……？

自分のせいで大好きな人を悲しませるのは、本当に心苦しい。だけど、どんな結末になっても、バッドエンドのような気がする。

だってこの恋のハッピーエンドは、私がこの先もちゃんと生きていて、隼人くんと恋を続けられること以外にない。

私が生きていることが必須条件。それが一番難しいのに。

ほぼ間違いなく私は未来で死んでいる。命のカウントダウンがされていることを証明している腕の数字は、今もなお毎日リアルタイムで減っていっているし、何より死ぬことを心から望んで、私は自ら飛び降りたのに。

それが私にとってのハッピーエンドだった……。

泣きたくなるのを必死にこらえる。

これは私が招いた結末。悲しくて、切なくて、残酷な。

幸せなぶんだけ、真逆の感情も増えていく。

「僕、今日ゆりとここで秋桜を見たこと、絶対に忘れないから」

「私も」

……うん。そうしよう。

目に焼きつけよう。一生分。きみと過ごす時間。きれいな秋桜と青空も。手をつないでここまで来て、帰ったことも。

本当はとても泣きたかったのに、ふたりとも泣かなかったことも。

時間が止まればいい、と本気で願ったことも。

全部、全部、きみが大好きだから。

少しでも長く、きみと過ごせる時間が増えるようにと。

自分を自分で殺した罪は私ひとりで。地獄で、償《つぐな》いますから。

どんな痛みにも耐えてみせます。

……だからどうか。

隼人くんの幸せだけはどうか、願わせてください……。

あと、少しで私はこの世界からいなくなる。

迫りくる最後の日に、私は何を思うのだろう。私に、何ができるのだろう。大好きな人のために。

何をこの世界に残せるのだろう。

私がいなくなったあとの世界で、私が生きた証《あかし》はきみの中に残るのかな……。

次の日、帰りのホームルームでのこと。先生が「今日は来月行われる文化祭での出し物を決める。決まるまで帰れないからなー」と宣言した。

文化祭……？

「じゃあ、まずは文化祭の実行委員を男女ひとりずつ選出する。そのあとは、そのふたりに進行を任せるから」

配られたプリントを見る。

どうやら文化祭は十月二十日に行われるらしい。ちょうど私が飛び降りた日だ。

朝九時から始まって十六時までがクラスでの出店営業、そのあと十六時半から開催される体育館での後夜祭では、各クラス好きなことを披露するとのこと。バンド演奏やダンス披露など、なんでもありらしい。

ざっくり説明すると、このようなことがプリントには記載されてあった。

これが私の人生の最後の思い出になるのかと考えると、心の中に切なさが広がった。

先生が話を切り上げたあとすぐ、クラスメイトから男女ひとりずつ実行委員が選ばれた。ふたりとも立候補してくれたので、スムーズに事が運ぶ。

そして、そのふたりが教卓の前に立ち、司会進行を務めて話が進む。

クラスで運営するお店は、焼きそば屋さんとたこ焼き屋さんを合体させたものに決定した。みんな、簡単そうという安易な考えのもとで決まった。

「じゃあ次は後夜祭のことですが……」

そして後夜祭での出し物の話になった。

このクラスにはバンドを結成している人も、ダンスの才に秀でている人もいないみたいで、ここに来て急に話が進まなくなる。

白けた雰囲気の中、何をしようかとみんなが頭を悩ませている。

……と、そのときだった。

「ねぇ、僕、マジックショーしてもいい？」

手を上げて、発言したのは隼人くんだった。

みんなが忘れていたというように、「ああ！　いいなそれ！」と一気に盛り上がる。

あれよあれよと、後夜祭での出し物が隼人くんを中心としたマジックショーに決まった。

そして私は、気づく。——いや、思い出した。

あの日、私が飛び降りた日。日本中がひとつの事件で持ちきりになっていたこと。どのSNSを更新してもその話題しか目にしなかった。それほどの出来事が、私が自殺した日に起きていた。

死ぬことを決意していた私は、その事件を「死ぬから、関係ない」と、「いずれ風化して忘れ去られる」と、冷めた心で見ていたこと。

だけど……今は違う。

どんどん血の気が引いていき、指先が冷えていく。まだ、夏の暑さはこんなにも残っているというのに。

文化祭のことでみんなが楽しそうに話している中、私はひとり黙ったまま、もの思いに耽《ふけ》る。

大事なことなのに……はっきりと思い出して!! 私の記憶。あのとき見ていた事件の場所は、ここだった？

死亡した男子生徒の名前は、──酒井隼人だった？

どうして真剣に見なかったんだろう。そしたらこんなに不安にならずに済んだのに。

ただの偶然だって、安堵できたのに。

ただ、同じ日にちに、文化祭で、マジックショーをするだけだって。

あの事件に酷似《こくじ》した出来事が行われようとしているだけだって。

だけど……マスコミからのインタビューに受け答えしていたクラスメイトたちの背景は、田舎の風景だった……かもしれない。

はっきりと覚えているわけではないのだけれど、ここ、だったかもしれない。わかんない。信じたくない。

確証があるわけじゃない。記憶が曖昧だってことはきっと、何かの間違いなはず。きっと。

「……」

いろいろな言い訳を考えては、喉元がきゅっと締めつけられたように痛む。記憶の端にある真実から目を背けたくなる。

そんな、まさか。十月二十日に死ぬのは、私だけじゃない……？

隼人くんも死ぬ――？

心臓が痛い。心も、痛い。呼吸が上手くできなくなる。

「……ゆり？」

その声に現実に引き戻される。

隣を見ると、隼人くんが私の顔を心配そうに覗き込んでいた。

「どうしたの？」

「ううん、なんでもない……」

得意ではない作り笑いを顔に貼りつけた。隼人くんは納得した顔はしなかったけれど、それ以上聞いてくることはなかった。

気が動転している。隠しきれた自信はない。

こんな運命って……ありですか？

神様は、やっぱり私のことが嫌いなのでしょうか？

私はこの世界から消えても構わない。

だけど、彼だけは――。

どうか、どうか、奪わないでください。彼は、この淀《よど》んだ世界で数少ない私の光。

生きていてほしい。この先、何年も、何年も。

笑っていてほしい人なんです。

生きて、生きて、生きていてほしい人。

私のぶんまで。たとえ私を、忘れても。

何に代えてもいい。きみが生きていてくれるなら、それだけでいいと思える人なんです。


次の日から、本格的に文化祭に向けての準備が始まった。看板作りに、当日の客席の配置決め、お揃いのエプロンをつけて営業しようとなったので、デザイン作りからのスタート。

あとはメニューの価格設定やPOP作成など、細かなことを含めると、やることは山積みだ。それぞれ役割分担をして、各自一生懸命に作業を進めていく毎日。

腕の数字も、一気に進み、三十五になった。

ふと教室の天井を仰ぎ見て、深い息を吐いた。

「大丈夫？」

「えっ？」

理香子ちゃんに声をかけられ、完全に気を抜いていた私は思わず声を漏らした。

「ちょっと休憩しよ」

「うん」

理香子ちゃんとベランダに出る。

少しだけ低くなった気温。そよ風が肌に触れて、胸のモヤモヤが少しだけやわらぐ。

大切な人が死ぬかもしれない。大切な人の未来が失《な》くなるかもしれない。夢が、叶わなくなる。

そのことを考えると、不安で夜も眠れない。涙も、溢れ出てくる。

私は、こんな悲しみを両親に背負わせてしまったのかと、こんな形で思い知るなんて。

申し訳ないと思ってはいたけれど、いじめられていたという理由が大きすぎてどこかで「仕方のないこと」だと、両親の気持ちを切り捨てていたところがある。

愛する人には、どんなことがあっても生きていてほしいのに。

「ゆりちゃん最近変だよ。どうかした？」

「……うん」

このタイミングで、洗いざらいすべて話してしまおうと思った。自分ひとりで抱えるには、荷が重すぎる。

けれど、いざ話そうとすると、喉がキュッと締まって、声が出せない。

何度も口を開けて、未来の話をしようとするのに、発音できない。話ができないのだ。

「ゆりちゃん……？」

「ごめん、理香子ちゃん……なんでもない」

どうやら、誰かに打ち明けることすら禁じられているらしい。運命を変えることを、許されていないのかもしれない。

まるで隼人くんを救うことを、全力で神様に止められているみたいだ。

「ゆりちゃん、死なないよね？」

「え？」

「文化祭が終わったあとも、生きてるよね？」

目が点になる。

突然そんなことを言われるなんて、想像もしていなかったから。

「……理香子ちゃんは、美樹ちゃんに戻ってきてもらったほうがうれしいでしょ」

「それとこれとは話が別だよ。美樹のことは心配してるし、早く会いたいけど……でも、ゆりちゃんがいなくなるのも嫌だ」

「理香子ちゃん……」

「私、文化祭が終わったあと、ゆりちゃんに会いに行くから。向こうの学校に行って、ゆりちゃんがいなかったら怒るからね……っ」

涙目の理香子ちゃんに、私はつられるように目に涙が溜まった。でも、笑った。

だって、うれしかったから。

「うん。会いに来て」

生きていたい。けれど望みはないだろう。だけど今真実を語ったところで、誰も幸せになんかならない。だから私は曖昧な返事をして、泣きながら笑った。

造られた運命は、あまりに残酷だ。

私は死んだはずだった。なのに、タイムスリップして、生きた。そして出会ってしまった。大切な人たちに。

生きたいと願った。生きていてほしいと、何を捨てても叶えてほしい願いができた。

初めての恋をした。友情を知った。

けれど、そのどの幸せも、残酷な運命の結末までの助走、フラグ、伏線。

上げて上げて、谷底に叩きつけられる。

私は神様に嫌われている。十分にわかっていたことだ。けれど、まさか、隼人くんに飛び火するだなんて思いもしなかったんだ。

私のことを嫌いな神様は、私を苦しめるために、隼人くんを消すの？

……だけど、そんなこと、絶対させない。

彼の未来を奪うことだけは絶対に阻止《そし》してみせる。

そんな運命なら、抗い続けるから。たとえ、運命を握る神様を敵にまわしても。

私にできることを考えたい。

このまま、指をくわえて諦めるわけにはいかないんだ。


腕の数字が二十九になったその日、私は早起きをした。早起きした理由はひとつ、隼人くんとの約束を守るためだった。彼が以前、私の手料理を食べたいと言っていたので、お弁当を作るための早起きだ。昨夜寝る前、美樹ちゃんのお母さんに「明日のお弁当は私が作るから」と告げた。慣れない調理に手こずる。

卵焼き、タコさんウインナー、ブロッコリー、唐揚げ、プチトマト、そしておにぎりを四つほど拵《こしら》えた。

お昼休みにふたりで食べられるように、そして、美樹ちゃんのお父さんとお母さんの朝ご飯になるように大量に作った。初めてにしては上出来だ。

いつもより遅めの起床をしたお母さんが、テーブルに並ぶ料理を見てうれしそうに「ありがとうね」と笑い、寡黙《かもく》なお父さんは「おいそうだ」と一言だけ呟いた。私はそれに満足して、みんなで手を合わせて朝食を平らげた。

学校に到着すると、屋上で待つ隼人くんと合流した。ここに飛ばされてきてから二十一日、登校してすぐ屋上へ行かなかった日はない。

「おはよう、ゆり」

「おはよう」

屋上のコンクリートに腰を下ろして、ふたり並んで話をしたり、手品を見せてもらったり。

ここ三日で、私はひとつの手品を習得した。前に見せてもらった、手の中からコインがなくなってしまうという手品だ。

絶対にできないと思っていたけれど、隼人くんが「大丈夫、できるよ」と丁寧に教えてくれたので、不器用ながらもできるようになったのだ。

それでもたまに失敗するし、隼人くんのように美しく披露することはできない。

今日も、他愛もない話をして時間を過ごした。このダラダラとした時間さえ、愛しい。

人生がカウントダウンされている。限られた時間を生きている。それは決して私だけじゃない。私以外の人間もきっと同じ。

ただ私は死ぬとき、亡くなるときがわかっているから気づけているだけかもしれない。

だから、この何気ない時間を大切にしたいと思えるのだろう。

どうして生きている間に、そのことに気づけなかったのかな。

どうしても生きたい。生きて、好きな人たちと未来に進みたい。

その気持ちが膨らんだ今、自殺する前の自分に言いたいことは山ほどある。

どうにかして、いじめから逃げてほしい。死なないで。戦わなくていい。立ち止まってもいい。他の人の人生と比べなくていい。

生きてさえいれば、道は開けるのかもしれないから。

私には隼人くんの未来がそう見えた。彼の未来は開けている。どこまでも広がっていて、苦難や困難なことがあっても、たとえ立ち止まっても、いずれは立ち上がり、立ちはだかった壁を壊して先へ進んでいく。その力がある。

それは特別なものではない。誰にでもその力はある。そのように感じた。

——死ななければ私の未来だって、彼と同じだった。

そのことに気づけたのは飛び降りたあとの今だ。人生を捨てて、自分を捨てて、未来も捨てた今。両親への気持ちも、未練も自分の心から切り離して、飛び降りたあと。でも飛び降りる前の私に、世界の広さは見えなかった。未来に広がっている、無数の可能性になんて到底気づけなかった。私は、何もかもが遅すぎたんだ。

青い空、白い雲、山の緑、川のせせらぎ。

大切な人の笑顔、言葉、仕草、声。

今、目の前にある幸せは、死ぬ前の私にも訪れたかもしれないものだ。

死んでしまえば、ゼロになるけれど、生きていたらわからなかった。

そのまま不幸だったかもしれないけれど、幸せになれた可能性だって捨てきれないんだ。

昼休みになって、私と隼人くんはまた屋上に来た。広げたお弁当に隼人くんが顔を綻《ほころ》ばせる。

「わぁ、すごい！　おいしそう！」

「作ったの初めてだから、味の保証はできないけど……」

「ありがとう。いただきます！」

手を合わせて隼人くんは卵焼きを箸《はし》で掴んで食べた。

「うんま！」

「ほんと？」

「ほんと。すっごくおいしい」

「ふふふ、よかった」

喜んでもらえて私もうれしい。頑張って作った甲斐があるというものだ。ぱくぱく食べては「おいしい」と繰り返す隼人くん。私も食べながらニコニコと安心して笑っていた。食べっぷりがよくて、言葉に嘘がないことがわかる。

また、作ってこようかな。

「ありがとう、おいしかった」

「うん。また作ってくるね」

「やった」

ニヤリと笑う彼。つられて笑う私。お弁当箱を片づけて、いつものように空を見上げる。

これで何度目の空なんだろう。すっかり上を向く習慣がついてしまった。あれだけ下を向いて、死ぬことばかりを考えていたのに。

「ゆりさ」

「うん？」

「文化祭当日は、学校を抜け出して、自分を助けに行ったらどうかな？」

「え？」

まさかの提案に、戸惑う。

「ゆりの通う学校に行って、直接飛び降りるのを止めてくる……いい作戦じゃない？」

「そんなの……」

「そしたら、ゆりは死なないでしょ？」

私の生死について話をするのが、あの蛍を見た日以来だったからドキッとした。

「たぶん……」

自宅のマンションに押しかけて、飛び降りるのを無理やり阻止したら、私は死なないで済む……？

でも……。

「隼人くんさ」

「ん？」

「後夜祭でマジックショーするの、やめてくれない？」

「え？」

私にはもっと大事なことがある。私の命を救う他に、大切なことが。

「どうして？」

「……」

「言えない？」

頷いた。正しくは、話せないんだけど。

話したいのに。マジックショーで隼人くんが死んじゃうって、そう言えば未来から来た私の言葉なら、信じてくれるのに。

喉元に誰かがナイフを突き立てているかのように、話せない。

手紙にしようかとも試したけれど、書くこともできなかった。

誰にも伝えることを許されない。

「ごめん。でももう決まったことだし、途中で投げ出せないよ」

「うん……」

そう言われることは、わかっていた。

文化祭当日まで一ヶ月を切っている。マジックショーの準備も進んでいて、みんな乗り気だし、後戻りすることなんてできない。今さら新しい案を出して、みんなに納得してもらうのも難しいだろう。

命の危険があるって説明できないのだから、それ以外でマジックショーを取りやめる理由を作ることができない。

だけどまだ、諦めたくない……。

私が一ヶ月半生かされたのは、このためかもしれない。

私に与えられたアディショナルタイムは、隼人くんの命を救うために与えられたチャンス。きっとそう。

最近、ひとつ疑問に思っていることがある。ここ五日ほど、美樹ちゃんの日記が夜になっても更新されなくなったのだ。毎日かかさず書かれてあったのに、ぱったりとなくなった。

夜になると美樹ちゃんの日記を読むのが日課になっていた私は、少しだけ、寂しい気持ちと同時に〝どうしたんだろう?〟という心配が入り混じって複雑な気分になっている。

そして今日はどうなのだろう? とお風呂上がりに日記を開いてみると、今日は更新されてあるようで、髪の毛を拭いていたタオルを首にかけてから、日記を読んだ。

九月二十一日。

正しいことを素直にできる人は純粋にすごいと思う。だけど私には難しい。理香子はつねに正しくあろうとする。そこは尊敬しているけど、時々モヤモヤするんだ……。

今日は朝からお母さんに怒られて起こされたから、虫の居所が悪かった。むしゃくしゃしていた。

だから、ぶつかってきたクラスメイトの奈々《なな》ちゃんにキレた。

「痛いんだけど! 謝ってよ!」って。

そしたら理香子は「ぶつかったのはお互いの不注意なんだから、美樹も謝りなよ」と言ってきた。

それはそうだけど。わかっていても、できないことって、ある。

私は、理香子みたいに優しくできない。

正しいこと、できない。素直に謝ることも、お礼を言うこともできない。

理香子は無意識に「正しさ」で私を傷つける。

最近、そのことで悩んでいる。

こうして文字にするのもためらっていて、最近日課だった日記すら書けなかった。

明日、理香子に会いたくない……。


読み終えて、以前隼人くんが「知らず知らずの間に人を傷つける人もいる」と言っていたことを思い出す。

まさか、仲良しだった美樹ちゃんと理香子ちゃんの間に、不穏な空気が流れていたときがあったなんて……。

たしかに今日、クラスメイトの奈々ちゃんとぶつかったな。お互いに謝って、何事もなくすぎた出来事だった。

明日、本来なら美樹ちゃんと理香子ちゃんは、どんな明日を迎えるはずだったのだろう。

私が美樹ちゃんの中にいることで、本来たどるべき道を外れているのなら、それはいいことなのだろうか？

そして、次の日の日記。


九月二十二日。

理香子と話したくなくて避けた。

違うクラスメイトとお弁当を食べたし、移動教室も違う子とした。

正直、理香子ともう仲良くできる自信ない。


また、次の日。


九月二十三日。

昼休みになって、理香子が「何かしたなら謝りたい。理由を教えてほしい」と、言ってきた。

私は「別に、そんなんじゃないから」と、冷たくあしらってしまった。

話したところで、悪いのは私。正しいのは理香子で間違いない。

自分が惨めになるだけだから、話したくない。

もう、関わってきてほしくない。

九月二十五日。

体育の終わりに理香子が保健室に行っていた。

机の上に置いたままになっていた理香子の制服を、掃除道具が入ったロッカーに隠した。

そしたら不思議と、モヤモヤしていた気持ちがスッキリとなくなった。

罪悪感なんて、まるでない。

九月三十日。

理香子がクラスで浮いた存在になっている。

気が強い私に嫌われたくないクラスメイトたちが、私に合わせて理香子を避けているみたい。

また、モヤモヤが飛んでいく。なんだかスッキリした。

ちょっとくらい悲しませてやりたい。

私も、理香子の正しい指摘に苦しんだんだから。

毎日ではないけれど、更新されていく日記を読んで開いた口が塞《ふさ》がらない。というか、驚きが隠せない。友情が、優しさが、憎しみに変わっていく様《さま》が日記から伝わってくる。

制服を隠すってそれ……いじめ、なんじゃ……。

学校で笑顔の理香子ちゃんを見ると、胸が切なくなる。あんなに美樹ちゃんのことが大好きで、心配しているのに、本当だったら今頃、美樹ちゃんとの関係で悩んでいたのだと思うと……悲しくなる。

そして日付の経過とともに文化祭の準備が着々と進み、日記もとびとびで更新されていく。

十月一日。
みんなも理香子にイタズラするようになった。
放課後、泣いてる理香子を見た。
だけど声は、かけなかった。

十月六日。
理香子が先週の金曜日から学校に来なくなった。

文化祭まであと少し。

隼人のマジックショーの大事なアシスタントの仕事を担っているのに。

このまま来ないつもりかな。


いじめは、ほんの些細《ささい》なすれ違いで起こってしまうことなのだと、日記を読んでいて気づいた。

あんなにお互いが大好きだったのに。こんなことって、あるんだ……。

日記の中で起きている事象はその通りだったことを証明するかのように、実際、理香子ちゃんは隼人くんのマジックショーのアシスタントを担っている。私も、だけど。

美樹ちゃんは、本当に、理香子ちゃんのことが嫌いになっちゃったのかな……。

いじめて、悲しませて、苦しませて、本当の本当に、心のモヤモヤが晴れてスッキリしているの？

私はいじめられていたから、理香子ちゃんの気持ちしかわからない。たとえどんな理由があっても、誰かを傷つける理由が共感されることはない。肯定されることも、あってはいけないことだと思う。

誰かを「死にたい」と思わせる行為は、「殺人」と同じことだと思うから。そういうことを、きっと未必《みひつ》の故意《こい》という。

理不尽《りふじん》だよ。だって、いじめられている私たちは悪いことしていない。無意識に人を傷つけている人がいる。理香子ちゃんのようにつねに正しさの中で生きていける人なんて、なかなかいないのかもしれない。時に鋭い指摘や注意は、人の反骨心《はんこつしん》を煽ってしまうのかもしれない。

それが、わからないわけではない。だけど、間違っているのは、どちらだろう？

いじめは、どうやったって、なくならない存在なのかな。

どうしてかな。誰も救われないのに。

いじめていた人も、きっと、いつか、世界で一番、自分よりも大切な人ができる。

そのとき、胸を張って生きていけるのかな？ いじめていた過去は消せないのに。

大好きな人に、笑って学生時代を話せるのかな？

私をいじめていた坂本さん。理香子ちゃんをいじめていた美樹ちゃん。

一緒に面白がっていじめてきたクラスメイト。見て見ぬふりをしていたまわりのクラスメイトたち。

自分たちだけ、平気な顔して笑顔の未来に向かっていくの？

とうとう腕の数字は一になった。明日、私はこの世界から消える。

そして季節は秋が深まっていた。昼間は過ごしやすい涼しさなのに、夜になると風が冷たくなる。

山の緑は徐々に赤や茶に変色しつつある。文化祭の準備はすでに終わっており、マジックショーのリハーサルも終わった。

だからこそ、明日起きるであろう「爆発事故」の原因がわからない。危険なマジックなんてしない手筈《てはず》だ。ましてや爆発なんて、絶対起こり得ない。

SNSで見た報道の内容では、隼人くんと数名のクラスメイトが亡くなり、ケガをした人が数名いたはず。

そんな痛ましい事故が、彼のマジックショーで起きるとは到底思えない。

マジックショーは午後六時から予定されている。私が飛び降りたのは午後八時すぎ。そのときにはもうニュースで報道され、SNSで拡散されていた。

たったの二時間で、真相が特定されるのは難しいはず。

そしたら……まさか。

事故の原因はマジックショー以外にある、ということなの……？

たしかに事件の詳細を記載していた記事には後夜祭でマジックショーを披露しているときに爆発事故があり、マジックショーをしていた男子生徒とクラスメイトの数名が亡くなったり、ケガをしたりしたと言っていた。

隼人くんの存在と文化祭でのマジックショーを前面に出した報道の仕方だったから、

完全にマジックショーに原因があると思い込んでいた。

だけど、それは違う？　だとしたら、誰がどんな目的があってこんな田舎町の高校を爆破する？

なんのメリットがあるというのだろう。

テロ？　それとも無差別的な何か？

「ゆりちゃん」

呼ばれて、はっと顔を上げた。

リハーサルが終わり、教室で帰りのホームルームまでの時間をみんなで過ごしていた。私は、考え事をしていたけれど。

「明日さ、夕方から抜け出すんだよね？」

「え？」

「隼人が言ってた。ゆりちゃんが自分を救うことができたら、死なずに済むかもって」

……ああ、この前屋上で話したことを理香子ちゃんにも話したのか。

「明日のマジックショーは任せて。ゆりちゃんのぶんも頑張るから」

「ううん、私は、行かないよ」

「どうして？」

「……やらなきゃいけないことがあるの」

大切なものを扱うように、言う。

「それは、自分の命よりも大切なことなの？」

「うん、そうだよ」

自分よりも、自分の命よりも、大切なものがある。守りたいものがあるの。それは、私に「生きたい」と思わせてくれた人の〝命〟、〝未来〟、〝夢〟、〝笑顔〟。

それに、私は一度、自分を殺したんだもの。簡単に生きていていいわけがない。

命は、重い。こんな私でも、隼人くんや理香子ちゃんと同じように、重い。

そのことに気づいたのは、死んだあとだったんだ。気づかせてくれたのは、ひとりの男の子だった。

私にも未来があった。

無限に広がっていたはずなのに、見えなくなっていた。学校でのいじめという、狭い世界の中で、広い世界を見失っていた。

生きてやればよかった。どんなに苦しくて、悔しい思いをしても。死にたくなっても。

無理して「生きたい」ってポジティブにならなくても、よかったんだ。

ただ生きていれば、よかった。

泣きながら。

心を傷つけながら。

自分の運命を、人を恨みながら。

見えない未来を、先のことを、終わることのない地獄の日々を睨みながらでも。

立ち止まって、歩みを止めてもよかったんだ。

そしたら、いつか、いつか、「生きてみよう」って思えたのかもしれない。

今の私のように。

「それにね私、文化祭が楽しみなの。思い出つくりたいんだ」

それは本音だ。学校行事にワクワクしているのも本音。いじめられていた頃では信じられないことだ。

「うん。思い出は作ろう。もちろん最高の一日にしよう。でも、私、ゆりちゃんには死んでほしくないよ……」

「ごめん……」

私も、生きたい。生きて、ふたりに出会いたい。次は、本当の自分の姿で。

だけどね？　不思議なこともあるんだよ。

私たち、死ななければ出会えなかったのだから。

ねぇ、神様。私のことが嫌いな神様。

私は黙って自分の運命を受け入れるから。

時間が戻ったあと、私がこの世界から消えたあと。

私の大好きなふたりが笑って過ごせる未来を、用意してくれませんか？


帰りのホームルームが始まる。先生から明日は頑張ろうという主旨の話がなされ、ついに帰宅の時間となった。

クラスメイトが明日のことを、ワクワクした様子で語り合っている。その姿を横目で見ながら、私は帰り支度を済ませる。

「ゆり」

隣から、名前を呼ばれる。見ると、隼人くんが悲しく微笑んでいた。

切なさが空気に混じっていて、止めることのできない呼吸から心に流れ込んできたかのように、心が淡いブルーになる。

「一緒に帰ろう」

「……うん」

このとき、私ももしかしたら、同じような笑みを返してしまっていたのかもしれない。そのことに気づいたのは、校門を出てすぐのことだった。

無言が続き、でも、そんなに居心地の悪さを感じないところがまたいい。隼人くんの隣はいつだって、居心地がよかった。

でも、さよならの香りがする。感傷的になっている。心にほのかに寂しさが蔓延っているんだ。

ふたりの足音が響く。夕方の田舎町。乾いた地面に足が擦れると、砂埃が少しだけ舞う。あと少し長くここにいられたら、きれいな紅葉が見られたかもしれない。ふとまわりの景色を見ながら、そう思った。

「明日……だね」

「うん」

「楽しみだな、文化祭」

「そうだね」

会話が、続かない。

お互いに言いたいこと、伝えておきたいことは山ほどあるはずなのに。

言葉にならない。

「明日、一緒にまわろうな」

「うん」

「お化け屋敷とか、あとクレープもあるらしいからたくさんまわろう」

「たくさん食べて太っちゃったら、美樹ちゃんに怒られないかな……」

「大丈夫だよ。……たぶん」

「たぶんかぁ」

肩を震わせて笑う。隼人くんもおかしそうに笑っていた。

肩を並べて歩くふたりの影が伸びている。他愛のない話。ふたりの笑い声、交わる視線。どのあとにも、哀愁《あいしゅう》がくっついている。

耳元で時計の音がしている。刻一刻と近づいてくる終わりのとき。カウントダウンされている感覚に、焦りたいのに、変に穏やかで気持ちが悪い。

「送ってくれてありがとう」

「ううん。また明日な」

「うん。また明日」

自宅に到着してしまった。家の玄関前で小さく手を振る。帰っていく隼人くんの後ろ姿を、私は見えなくなるまで見送った。

話したいことの本質は、お互いに口に出せなかったね。ふたりとも、「明後日」の話がしたかったに違いない。

私だけかもしれないけれど。

私がいない明後日が来る。

私がいなくなる、未来がすぐそこにある。

少し、怖い。

死んだら、人はどこに行くのだろう？　天国？　自分で死を選んでしまった私の場合地獄、かな？

やっぱり、すべて消えるのかな。

記憶も、意識も。空の上から微笑んで大好きな人たちのことを見守ることも、できないのかな。

相手に見えなくても、そばに寄り添うなんてことも、できないのかな。

部屋に入ってすぐ、電気もつけずに地べたに座り込んで泣いた。

ずっと、我慢していた。

「うっ……うぅっ……」

怖い。死ぬことが怖い。

嫌だ。死にたくない。

生きたい。生きて、生きて……生きたい。

ワガママを言うのを、どうか許してください。口には決して出さないから。誰にも伝えないから。

だからどうか……心の中で思うことだけは、許してください。

死にたく、ない……。

こんなに心から大好きだと思える人に出会えたのに、消えたくない。

ずっと一緒にいたい。笑っていたい。

隼人くんといれば、私はきっとずっと幸せでいられる。その自信がある。

せっかくつながった気持ちなのに。

死んでしまったことが、本気で悔しいよ。

「隼人くん……っ、隼人くん……っ」

ひとりきり。真っ暗闇の部屋で、心が爆発した。そのまま私は心のままに、夜な夜な泣き続けた。

気づけば、眠っていた。

そして、夢を見た。

『ゆりちゃん、お願い。運命を変えて』

【side美樹】

初めて自分の感情をコントロールすることが難しいと感じたのは、いつだったか覚えていない。気づいたら、自分が怪物みたいになっていた。

むしゃくしゃしていた気持ちを、すべて理香子への嫌がらせで発散していた。理香子の教科書に落書きをして、理香子のペンケースを隠して、影で悪口を言う。

そしたら私の中のモヤモヤが、きれいにスッとなくなっていくものだから。その軽くなった心の感覚をまた味わいたくて、ひとつ、またひとつと、嫌がらせを重ねていったのだった。

ターゲットを理香子にしたのは、ある日された理香子の指摘にムカついたから。ただ、それだけだった。

その日はとくに、母親から「早く起きなさい！」って怒鳴られるように起こされて朝からムカムカしていた。だからぶつかってきたクラスメイトにもイライラしたし、意気揚々《いきようよう》と私の間違いを指摘してきた理香子のことが心底「うざい」と思った。

いい子ちゃんでいられて、理香子はいいよね。どこまでも真っすぐで、優しくて、いつも正しくて。私が持ってないものを、たくさん持っているんだもの。

……だから。ちょっとくらいいじめたって、いいじゃない。

どうせ死ぬわけじゃないし。

少し悲しい思いをすればいい。悔しい思いをしてよ。私と、同じように。

思えばずっと、理香子が憎たらしかった。

かわいい顔をしていて、でもサバサバしている。みんなから愛されるような見た目だし、性格もそう。いつもニコニコしていて、感じもいい。

反対に私は肉づきがよくて、下半身デブで、性格も悪い。すぐ思ったことを言葉にしちゃうし、その言葉もキツくて中学の頃に友だちがいなくなったこともある。だから高校生になるとき、ドキドキしていた。友だちができるのか不安で。変われるのか、心配で。

本当は自分を変えたかった。優しくて、おおらかで、誰からも愛されるような人になりたかった。

入学した高校、振り分けられたクラスに、まさに自分がなりたかった女の子がいた。

それが……理香子だった。

隣の席で、気さくに話しかけてくれた理香子と友だちになって毎日楽しかったけど、それと同じくらい……嫉妬心でいっぱいだった。私は相変わらず素直になれなくて、焦りが心に充満していたから。

クラスメイトのちょっとした発言に「それは違くない？」とか、「はっ、きも」とか、普通に笑いながら言っちゃって、言ったあとに空気が悪くなったことに気づいて反省をする。その、繰り返し。

でもクラスメイトたちは「そうだよね」とか、「あはは」と肯定して笑うだけで、空気を合わせてくれる。

たぶん、私のことが怖くての行動。自覚はしていた。

そうして流れていた空気を「ダメだよ。そんなこと言っちゃ」と、理香子がぶち壊す。流れ去ろうとしていた悪い雰囲気が、その瞬間凍りつく。

私に恥をかかせようとしているのかと最初は勘ぐっていたけど、理香子はたぶん違う。真面目で真っすぐな性格がそうさせているのだろう。

悪いのは私だ。だけれど指摘せずに流してほしいと常々思っていた。けれど、私が悪いぶん、そのことは理香子本人には伝えられなかった。

初めは、こんなふうにはっきりと間違いを指摘してくれる子に出会えてよかった、と思い込もうとしていた。けれど、そうして見て見ぬふりをするうちに不満は溜まりに溜まって、我慢ができなくなっていた。

まわりの同級生たちは、どうやって自分の気持ちと向き合って生きているのだろう。イライラしないのかな。怒りたくて、でもぶつけるところがなくて悶々《もんもん》としないのかな。先生や両親に怒られて、言い返したくならないのかな。

コントロールできない自分の感情に泣きたくなったり、叫びたくなったり、苦しくなったり……しないのかな。

「うざい」

「わかってるって！」

「今、やろうと思ってた」

「やる気、失せたわ」

「黙ってて」

すべて〝反抗期〟という言葉で片づけられるのも癪《しゃく》だった。

解決方法が自分で見つけられない。心に蓄積されていくモヤモヤとイライラを、なくす方法がわからない。

まわりに当たって、自分の気持ちをストレートに放出《ほうしゅつ》して発散する他なかった。それでも足りないぐらいだったのだから。

そして、ついに解決方法がわかった。連日無視し続けていた理香子の制服を掃除ロッカーに隠した日、それが発覚した。

――自分以外の誰かが辛い思いをすれば、いいんだ。

誰かが自分より不幸な姿を見ていたら、ほっと落ちつくことに気がついた。理香子が机の上にあったはずの制服をひとりで探し出したとき、変な高揚感があった。まわりの人に「私の制服知らない？」と聞いているのを見て、クスクス笑いたくて仕方なかった。自分の悪すぎる性格に、嫌悪感を抱くどころかその反対だった。

ああ、おかしい。困っている。悩んでいる。制服を隠したのは、理香子が一番信用している私なのに。

このとき、心の中にあったモヤモヤとイライラがすべて消し飛んだ。快感だった。

次の日も、次の日も。いじめたくなる衝動を抑えられなかった。

自分の中の不満やストレスを、いじめで発散することでしか自分の精神状態を保つことができなくなった。

最初は誰がやっているのかわからないように。誰にも見られないように、理香子のものを隠した。ノートに落書きをした。

理香子のことは避け続けていた。

大嫌いになったから。もう、仲良くなれる気がしなかったから。

「話したい」

「私に悪いところがあるなら、直すから」

何度話しかけられても、いくつもスマホでメッセージを受け取っても無視をした。

どこまでも優しく汚れのない理香子で、正反対な自分を見る。どこまでも意地悪で性格が悪くて、汚れている自分。

積もったモヤモヤは、意地悪で発散する。

そうやって私と理香子の関係は脆《もろ》く崩れ去った。

クラスメイトも私に倣《なら》うように、理香子のことをいじめるようになった。

だけど、みんなも本当はもっと早く誰かのことを見下したかったんじゃないの？ いじめたかったんじゃないの？ 蹴落として、自分のことを守って、カースト上位になりたかったんじゃないの？ いじめはダメですよって常識が、それを邪魔しているだけじゃない？ それをしたら、人間としてダメになるって自制して生きているんじゃない？

本当は心の中に、誰でも悪魔を飼っていて、ただ、隠しているだけで。

私はそれに素直に生きているだけ。何も悪くない。悪いことにしているのは、本当はその心があるのに、隠していい人を装っている偽善《ぎぜん》者のせい。

弱肉強食《じゃくにくきょうしょく》って言葉がある。いじめられる奴は、ただ、弱いだけ。悔しかったら、強くなればいいのに。そしたら食われることはない。

いじめなんて、されないんだから。

文化祭当日。私は朝から熱を出した。三十八度あって、普通の授業なら迷わず母に申告して学校は休むけど、今日は違う。高校生になって、初めての文化祭。ずっと楽しみにしていたのに、休めるはずがない。だからフラフラになりながらでも学校へ行った。

クラスでの焼きそばとたこ焼き、それからソフトドリンクの販売。だいぶ気分はよろしくなかったけれど、クラスメイトたちと楽しく過ごしていた。

……理香子は、学校には来ていなかった。

お昼すぎになって具合が最高潮に悪くなった。我慢して、我慢して、なんとか後夜祭まで頑張ろうと思っていた。

けれど、クラクラして、気づいたら床に倒れ込んでしまっていた。

騒然とするクラスメイトをよそに、「保健室に連れていってくる」と、私の膝の裏に腕を通して抱え上げたのは、隣の席の隼人だった。

意識が朦朧《もうろう》としながら、私はされるがまま。クラスメイトたちは黄色い声を短く上げて、口を手で塞いでいる女子生徒も視界の端でうかがえた。

保健室につくと、ベッドに横になるようにゆっくり下ろしてくれた。背中に、ベッドの柔らかい感触。

意外だった。まさか彼が私をここまで運んできてくれるなんて。

隼人からは、てっきり嫌われているのだと思っていた。隣の席になったにもかかわらず、お互いにあまり話さなかったから。

日記にも書いたけど、入学したての頃は彼のことをかっこいいと思っていた。けれどちょっと変わっているところを見て幻滅《げんめつ》してしまったんだ。

コインをいつも手に持ち、親指で真上に跳ねさせてはキャッチして、跳ねさせてはキャッチして……と、繰り返し行うその癖が私には目障りだった。

他にもある。授業中、彼の行うペンまわしが視界の端にチラついてどうしても気が散ってしまうのだ。

そんな真剣に授業を受けているわけではなかったけど。

「大丈夫？」

「……うん」

「具合悪いなら、帰ったほうがいいよ」

首を振る。それだけは、嫌だ。

「でもきみの体、すごく熱かったし……」

「大丈夫だよ」

本当は大丈夫じゃないけれど。帰らされるぐらいなら、意地を張る。

「本当に大丈夫？」

「大丈夫だってば……っ」

「本当に？」

「……っ……」

なんなの。何が言いたいの？

キッと睨むように隼人のことを見る。真っすぐで、きれいな瞳は少しだけ憂いを含んでいる。

「今日、安田さん来てないね」

「だから……何？」

「仲直りしないの？」

「……別に、ケンカしてるわけじゃないし」

私が一方的に避けて、いじめているだけのこと。

「きみは、それでいいの？　後悔しないの？」

「するわけないじゃん」

「そっか」

ペラペラと、余計なことを饒舌《じょうぜつ》に話すこと。

もう早く、どこかへ行ってほしい。

ここまで運んできてくれて感謝しているけれど、やっぱりこの人とはどうにも波長が合わない。居心地が悪すぎる。

「きみが傷ついてたの、知ってた。無意識に人を傷つける人もいるもんね」

「……っ……」

「だけどさ、故意に人を傷つけるのは、もっと罪だよ」

そう、言い捨てるように、隼人は保健室をあとにした。

……また、心に怒りが満ちる。行き場のない、憤怒《ふんぬ》。ベッドのシーツをぎゅっと握りしめる。

わかっている。どう見たって悪者は私だ。いじめている私が、物語の主人公になれるはずがない。だけど、生まれ持ってきたものが違いすぎるのがいけないと思うんだ。悪者にしかなれない人間もいる。私のように。

本当は、理香子のようなかわいくて優しくて、「ありがとう」も「ごめんね」もすぐに言える女の子として生まれたかった。でも、どうしても、なれないんだ。努力しても意固地《いこじ》になってしまう。変なところで頑固で、歪んでいて、かわいくない。

こんな私の苦悩、わかってくれる人なんてきっといない。どうせいじめる私が悪いのだから。

いじめる悪者より、なれるなら、本当は偽善者になりたい。悪魔を飼っていても、隠して微笑む天使になれるなら、私だってなりたい。

……ああ、もう、消えたい。こんな私。消えちゃえばいいのに。

性格が悪くて、誰からも好かれない。恐怖を与えることでしか、人と関われない。

こんな私、捨ててしまいたい。

死んで、生まれ変わって、今度こそ心も見た目もかわいらしい女の子で生まれてきたい。

そしたら……。

理香子ともう一度、親友になれるのかな……。

私の意識はそこで途切れていた。どうやら深い眠りについてしまっていたらしい。

爆発音とけたたましいサイレンの音と同時目覚めた。一瞬にして頭と目が冴えた。

今の音は何!? 何が起きたの!?

とんでもない異常事態が発生したことは本能で察知した。ベッドから飛び起きて、廊下へ出た。すると後夜祭が行われているはずの体育館がすさまじい炎に包まれて、真っ黒な煙が上空に広がっていた。

時計を見る。私たちのクラスの発表が行われている時間だった。

私は慌てて誰かいないか探して、上靴のまま外へ出る。すると、体育館からパニックになった生徒たちが血眼《ちまなこ》で走って運動場に避難しているところに出くわした。

クラスメイトの女の子を見て、話しかける。

「何が起きたの……!?」

「……っ、隼人がマジックショーを始めた途端に……爆発が起きて……っ」

泣きながら話す彼女。私はそれでも状況をのみ込めずにいた。

その後は消防車や救急車、パトカー、三つのサイレンが平和だった田舎にこだまして、騒然としていた。

そしてマスコミの人たちも現れ、先生に無事な生徒は帰るよう促された。私は先生たちに学校を追い出されるように自宅に帰った。

真っ暗な田舎の夜には、赤いランプが異様に眩しく感じられた。

帰宅後、テレビでは学校の様子が映し出され、消防隊の消火活動やクラスメイトのインタビューが放送されていて、すごいことになっていた。ＳＮＳでもこの事件のことで溢れかえっていた。

『午後六時頃、男子生徒が文化祭でマジックショーをしていたところ爆発が起こり、ショーをしていた酒井隼人さん、近くにいた安田理香子さんら数名が亡くなり、数名がケガをしました』

ニュースキャスターのお姉さんが放った言葉に、頭が真っ白になる。

『行われていたマジックショーに危険はなかったか、警察が詳しく関係性を調べています』

危険なマジックなんてなかったはずだ。昨日のリハーサルは私も遠巻きで見ていた。死傷者が出るようなこと、まず学校が許すわけがない。

まるで、隼人のマジックが悪いような言い方。

それに、どうして死者の中に、理香子の名前が……？

今日は学校に来ていなかったはずなのに。

私が寝込んでいる間に学校に来て、練習通り隼人のマジックショーのアシスタントをしたということ？

事件の詳細が気になり誰かなにか発信していないかＳＮＳを更新し続けた。ふとその時、ダイレクトメッセージに通知があることに気付く。送り主を見て、心臓が止まりかけた。それは理香子だったから。

場所をリビングかた自室へ移動し、そのメッセージを開いて読んだ。

美樹へ
私はようやく死ぬ覚悟ができました。
美樹にわかるかな？　私の気持ち。
大好きな親友から裏切られて、いじめられて、ひとりぼっちになった私の気持ちが。
今でもどうしてこうなったのか、わからない。
どうして私たち、こうなっちゃったの？
私は美樹のことがずっと羨ましかった。

美樹の飾らない性格、直球な言葉、
誰にも物《もの》怖《お》じしない度胸。
そのどれもが私にないもので、憧れてたよ。
本当に大好きだった。
でも私は美樹から嫌われちゃったんだよね。
この一ヶ月、生きるか死ぬかをずっと考えてた。
でも、私、この先楽しく笑顔で生きていける自信ない。
いじめられて、自信なくして。
ものを隠されて、心ない言葉を浴びせられて。
美樹以外の人たちにも。
もう、無理だよ。
もう、誰のことも信じられない。
生きていく力なんてなくなった。
笑えないの。何を見ても、聞いても。好きだったママのご飯も味がしない。
なので死にます。
私を苦しませた、みんなと一緒に。
美樹は体調不良で保健室にいると聞きました。

苦しんでる？　でも、生きてね。死なないでね。

理香子より

後夜祭が始まる直前に送られたらしいそのメッセージを読み終え、自分の体を抱く。体の震えが止まらない。過呼吸になる。涙もどんどん溢れてくる。

理香子はみんなを巻き込んで死んだ……？　自殺……？

今日起きた悪夢のような出来事が、新たな悪夢に再構築されていく。あれはマジックショーでの事故なんかじゃなかった。理香子がみんなを巻き込んで死んだんだ。私の自分勝手な欲を満たすために理香子を傷つけたことで、たくさんの人が亡くなってケガをした。

その事実をとても受け止めきれない。

後悔なんて薄っぺらい言葉じゃ、まるで足りない。なんてことをしてしまったんだという自責の念。取り返しのつかないことをしでかしてしまっているのに、私だけ、生きている。

死ぬべきだったのは、私だったのに。

私が、私の軽率な行動が理香子を殺し、みんなを殺した。理香子を苦しめて自殺に追い込んで、そのせいで関係のない隼人も死んで、クラスメイトも死んだ。

自分のせいでついさっきまで生きていたみんなが、もうこの世界にはいない。無理なことはわかっている。だけど時間を巻き戻してほしい。どうか、どうか。こんなことになる前に。

私には「明日」がやってくる。絶望の明日が。たくさんの人を苦しませたという重圧を抱えたまま。

ねえ、理香子。これは復讐《ふくしゅう》でしょう？　私だけ生きてっていうのは、生きて苦しめってことだよね？

一時の感情に流されて、人を傷つけることに躊躇がなかった過去の自分。つい昨日まで。いや、数時間前の自分に「反省」という言葉はなかった。「どうせ死なない」って、高を括っていた。

死なせてしまうんだ。

人って。言葉で。悪意で。暴力で。目線で。いじめで。

命って、亡くなってしまうんだ。

こんなにも、自分の意思とは違う場所で、呆気《あっけ》なく。

今頃後悔したって遅いのに……。

理香子も、隼人もみんな、もういないんだから。

『ゆりちゃんに託すのは間違ってるってわかってるの。でも、どうかお願い。理香子と隼人の命を救ってほしい』

最後まで一緒に

はっと窒息しそうになりながら目が覚めた。泣き腫《は》らしたまぶたが重くて、カーテンの隙間から漏れる光が痛い。

見た夢は、はっきりと脳裏に焼きついたまま記憶されている。まるで私が体験したかのような感覚で、美樹ちゃんの想いが流れ込んでくるかのような夢だった。

体が重いのはたぶん、熱があるからだろう。そう思って体温を測るとやはり美樹ちゃんと同様に三十八度あった。かなりキツい。背中や関節の痛みがひどく、頭痛もする。だけど人生最後の日、休んで過ごすわけにはいかない。

制服に着替えて家を出た。腕の数字はちゃんとゼロになっていた。

よくよく考えてみるけれど、美樹ちゃんが体験した今日は、今日実際に起こりうることなのだろうか？

美樹ちゃんの記憶によれば理香子ちゃんが、体育館が燃えてしまうほどの爆発を起こしたらしいけど、理香子ちゃんの動機は美樹ちゃんによるいじめだった。

だけど私が美樹ちゃんの体に入って生活してからは、誰も理香子ちゃんをいじめてなどいない。

動機がなければ、事件も起こらないんじゃ……？

「……」

頭が上手くまわらない。体調不良がまさか人生最後の日にやってくるだなんて。だけど、弱音ばかりじゃダメだ。気を引きしめなければ。念には念を。万が一ということがある。大切な人を死なせるわけにはいかない。

「美樹ちゃん、おはよー」

「おはよう。今日は頑張ろうね」

教室に入ると、お祭り気分のみんなが出迎えてくれた。テンション高めで、聞こえてくる話し声もワントーン高い気がする。

話し込むクラスメイトとは別で、ベランダでひとり空を見上げる理香子ちゃんを見つけた。

みんなを巻き込んで自殺した彼女の心境を思うと、やりきれない。とても辛かったに違いない。

みんなを巻き込んだことをいいことだとは決して言えない。だけどそこまで追い込まれていたことを鑑《かんが》みると責めきれない。

私は、「いじめられる」ということの本当の意味を知っているから。

どうしようもない苦しみ。消化できない怒り、悔しさは、自分をこの世界から消してしまいたいという感情へ流れていく。

復讐の気持ちが理解できないわけじゃない。どうせ死ぬなら、傷つけてきたみんなもって、私だって考えなかったわけじゃない。

できることなら私だって、私を苦しめた人を苦しめたい。同じように。いや、それ以上に。

だけど、それをしてしまったら、もう何もかも手遅れになってしまいそう。そうしてしまったら、今ある幸せはなかったかもしれない。

私は手に入れたの。大切なもの。守りたいもの。どうしても死なせたくない。みんなを、ふたりを。

「おはよう、理香子ちゃん」

「おはよう、ゆりちゃん。元気？」

「うん」

若干フラフラするけれど。笑顔を途絶えさせないようにしなくちゃ。

「いよいよ今日だね」

「うん」

「本当に、行かないの？」

「……うん」

「死ぬの、怖くないの？」

少しだけ上目づかいで、遠慮がちに聞いてきた理香子ちゃん。

「怖いよ」

死ぬのは怖いよ。消えたあと、どこに行くんだろうって考えると果てしなく怖い気持ちになる。

「でも、死んだことをなかったことにできないから」

自分が死ぬのを止めるよりも、大切な人が死なずに済んだのかを確かめるほうが私にとっては重要だから。

私が飛び降りるのは、午後八時。それに間に合うようにここを出たら、後夜祭での事件が起きたかどうかなんて確認のしようがないもの。

だから……行かない。それでいい。

「なかったことにできない、か……」

「うん」

「そっか……」

理香子ちゃんの顔が明らかに暗い。それほど私の命を想ってくれているってことか。

心優しい理香子ちゃん。そんなあなたが他人を巻き込んで死んでしまうほどだったんだよね。

いじめの辛さ、脅威《きょうい》。彼女の優しさで溢れた心を壊した、いじめは罪深い。

でも今ならこう思うんだ。泥水すすっても、どんな地獄でも生きてほしいって。

死んだらなにもかも終わり終わりなんだよ。明るくなる未来の可能性も捨ててしまうのはもったいない。いじめられている時は視野が狭くてそのことに気付かないのは私も理解できる。未来が好転するなんて一ミリも思えないよね。

終わりにしたいって、もがいて、抗って。最終的にそう決断した。私もそうだったから死を選んだ。

だから理香子ちゃん。そのことに早く気づいていたら、私はきっと死んでいない。

な君たちの運命は変えたい。私は運命を変えたい。私の運命は変えられなくても、大好きな君たちの運命は変えたい。

見届けたい。未来を生きていってくれるか。みんな生きているだけで偉いんだから。


「おはよ」

「隼人くん」

「何話してるの？」

「……ううん、別に！　今日は楽しもうね」

窓からひょこっと顔を出したのは、隼人くんだった。あまりのカッコよさに、一瞬で胸が高鳴った。

楽しみたいって気持ちも嘘じゃない。人生最後の日に、違いはないのだから。

今日を最高の思い出にして、ゆりとしての人生に幕を閉じたい。そのためには、事件を起こさせないようにするのは、必須だ。

思えばこの四十九日もの間、私は今日に向かって毎日一生懸命に生きてきた。今日命が尽きると、期限を知っていたからそうできたのかもしれない。

もしも次も生まれ変われたなら、期限なんてなくても毎日一生懸命に生きたい。次こそ、自分自身と命を大切に生きてみせる。

また、いじめられるかもしれない。死にたくなるかもしれない。だけど次はもっと視野を広く、世界を見られる気がする。

目の前ではなく遠くを。未来を描いて、進んでいきたい。

この世界は、汚くて残酷だ。人の悪意で満ちている。それを嫌《いや》ってほど体験した。

だけど、一筋の光のように、悪意のない場所があるんだ。この、田舎町のように。

だけど人によっては違う。理香子ちゃんにとってはこの田舎町は地獄だっただろうし。居心地のいい場所は人によって違う。

この世界には誰にも予想ができない「もしも」がある。

もしかしたら、次の人生もいじめられるかもしれない。でも、逆も、ある。

だけどもしもいじめられても、戦わない。自分の心の中だけで葛藤《かっとう》しない。逃げる。逃げて、生きる。「もしも」の幸せと出会うまで、何度でも逃げる。悪意のない場所を探し続ける。

死ぬそのときまで。自分で自分を殺して、可能性を捨てるのはもったいない。逃げることは、恥ずかしいことじゃないのだから。死ぬことよりも、やれることはもっといっぱいあった。

それは、我慢して耐えることじゃない。

自分らしく、自分を嫌いにならずに生きられる居場所を探すことだった。

いよいよ時間になり、クラスのたこ焼き屋さんと焼きそば屋さんが開店した。お揃いでつけたエプロンが一致団結感を演出していて、お祭り気分に拍車をかける。

私の体調は時間がたつにつれて悪くなっていった。美樹ちゃんと同じように倒れてはいけない。そう思って水分補給をできるだけしていたのだけれど。

「……」

結論から言うと、私は倒れてしまった。しかも美樹ちゃんよりも悪い結果になってしまった。いつの間にか倒れていて、どうやってここまで運ばれたのかも、記憶にないのだ。

夢の通りなら、たぶん隼人くんが運んでくれたのだと思うけれど。

飛び起きて、時計を見る。後夜祭が始まろうとしていた。

こうしてはいられない。ベッドから出て走ろうとした瞬間、目眩がして地面に倒れ込んだ。

目の前が真っ暗になり、心臓のリズムに合わせてこめかみがズキズキと痛んだ。しばらくその場で待機して、治まるのを待つ。

「くっ……」

一秒でも早く保健室を抜け出して、体育館に向かいたいのに。もどかしい。

そのもどかしさを乗り越えて、視界がクリアになったとき、ふと扉の隙間から手紙のようなものがするりと入ってきたのが見えた。

反射的にそれを手に取った瞬間、ガチャッと、目の前の扉から短い音がして顔を上げた。

状況的に鍵が閉められた音に聞こえたのだ。

「……理香子ちゃん？」

「ごめん、ゆりちゃん」

扉についている四角い窓から、理香子ちゃんが私のことを見下ろしていた。

今にも泣き出しそうな顔で。

その表情の真意を読み取ることができずに、不安が募る。

……何が、ごめんなの？

「ゆりちゃんはここにいて」

「理香子ちゃん……？　何を言ってるの……？」

嫌な予感しかしない。

「私、本当は覚えてる。……ううん、思い出した」

「何を……？」

「……美樹に、クラスメイトにいじめられてたこと。たくさんの人を巻き込んで死んだこと、全部」

「……っ……」

言葉が詰まる。すんなり出てきてくれない。どんな言葉をかけるのが最善なのかわからない。

「ほんとに、ごめん……っ」

「待って……っ、理香子ちゃん……っ」

理香子ちゃんが走っていなくなる。

私は立ち上がって乱暴に扉に手をかけるけれど、開く気配がしない。なにかで開かないように細工されているんだ。概ね箒かなにかだろう。

焦りが募り、手に力が入った拍子に、持っていた手紙がぐちゃっと音を立てた。

はっとする。止まることのないときが、一瞬だけ停止した気がした。

溜まった唾《つば》を飲み込んで、そっと中身を開けると手紙を読んだ。

ゆりちゃんへ。

ごめんなさい。全部、記憶が戻りました。

私も死んだとき、記憶をなくしてタイムスリップしていたみたい。

私は一度目の今日、ステージ裏にガソリンタンクを用意していて、それに火をつけた。

機材に火が燃え移って、それで体育館が爆発したの。

覚えてる。たくさんの人がそれで亡くなった。

だけど、ごめんなさい。

私はやっぱり、生きていく自信がないです。

ゆりちゃんならこの気持ち、わかってくれるよね？

この一ヶ月半、私はいじめられることはなかった。

だけど、記憶が戻った今、みんなの優しさが、笑顔が白々しく感じてしまったの。

いじめられていたとき、助けてくれなかったくせに。
一緒になって、いじめてきたくせに。
本当はみんな意地悪な悪魔のくせにって。
私は誰かを信じる力を、すべて、いじめに奪われてしまったみたい。

この先新しく出会う人のこともきっと、私は同じ目で見てしまう。
もしかしたら、意地悪な人なのかもしれないって。
私はこれからもずっと、楽しく生きていくことなんてできっこない。
せっかく死ぬ前に戻れたのに、私は生きたいとは思えなかった。
もしかして、ゆりちゃんもそうですか？
だから、学校を抜け出して自分を助けに行かないんですか？

どうしていじめなんてあるんだろうね？
どうしてこんなにも暗い世界なんだろう？
どうして、いじめは、なくならないんだろうね？
生きる価値ない。生きるチカラなんてもう残ってないの。
だから死にます。今度は、ひとりで。

次会うときは、お互い天国かな。

それまで元気でね。

理香子

手紙を読み終えて、これが遺書だということがわかった。理香子ちゃんをひとりにしてはダメだ。助けなくちゃ。

死なせたくない。生きていてほしい。私みたいに、死んでほしくない。それが私のワガママでも。

　生きて、生きて、生きて。死にたくなっても、それでも生きて。

お願いだから、死なないで。

理香子ちゃんの未来は、明るいはずだよ。

まだ諦めるには早いよ。

天国でなんか、絶対に会いたくない。

ぐっと力を込めて立ち上がる。保健室は二階にある。窓から飛び降りるのは、さすがに危険すぎる。じゃあもう、残された道はひとつしかない。ここから出るなら、扉の窓を割るしかない。女の子の体なら、通れるはず。

「……っ……」

丸いイスを手に取った。それを窓にめがけて投げて、思いきりガラスを割る。今生徒も先生も、始まっている後夜祭で体育館に集結しているに違いない。この音に気づく人は、いないだろう。

割れたガラス片が廊下に散らばった。手にタオルを巻きつけて、窓枠に残ったガラスを強引に取っ払った。そして、もうひとつの丸イスを土台にして、体をくぐらせる。

そうしてようやく廊下に出ることができた。右足に痛みが走る。窓枠にまだガラスが残っていたのか、足をケガしてしまったらしい。けれど今はそんなことに構っていられない。

理香子ちゃんが自殺するとしたら、どこで、どんなふうにするか、ひたすら考える。でも、学校でひとりで死ぬなんて、方法は限られてくる。私もここで死のうとした時それを選んだ。私は迷わずに階段を駆け上がった。

屋上の扉を思いきり押し開けると、そこにはフェンスの向こう側に立つ理香子ちゃんの後ろ姿が見えた。

「待って！　理香子ちゃん！」

「……っ……」

振り返った理香子ちゃんが驚いた顔をした。頬には、大粒の涙が滝のように流れている。

荒れた呼吸。肩で息をして、呼吸を整えるよりも先に口を開く。

「死んじゃダメ……っ」

「ゆりちゃん……っ、足が……っ」

理香子ちゃんが私の足を見ている。私もチラリと視線をやる。血が、思ったよりも流れているようだった。だけど痛くないし、そんなことは今はどうでもいい。

「死ぬなんて、絶対許さないから……っ」

「どうして？」

「私は、死んで後悔してるよ……っ？　辛いなら、学校に行かなくていい。誰かを信じられないなら、無理に信じなくていい。頑張らなくて、いいんだよ。今までの自分に戻ろうとしなくて大丈夫だから」

いじめられる前の自分に戻りたいと思うよね。だけどもう戻れなくて、そのジレンマで苦しくなるんだよね。真っすぐに人を信じて、優しさの裏を考えずに受け取れる真っさらな心を取り戻したい。

それでもいじめられたことによるさまざまな後遺症《こういしょう》は、一生、つきまとってくる。

人が怖くて、人と関わるのが怖くてたまらないんだよね。だけどつけられた傷と、無理に上手く付き合おうとしなくていい。そうなれるまで、いくらでも時間をかけていい。焦らなくていいんだ。

人は、いつか、絶対に死ぬ。死ぬときを自分の手で早めるのではなく、まだやれることがあるかもしれない。

決められた寿命が来るそのときまで、可能性を模索《もさく》する時間があってもいいんじゃないかな?

生きることは、難しい。ただ息をして、寝て、起きて、歳を重ねていくこと。それだけじゃない。そこに自分と自分以外の人の感情が絡まって、混乱して、迷い、苦しむ。

それはこの世界に自分以外の人が生きている限り、続いていく。避けては、通れない。だから、また、同じ苦しみが待ち受けているかもしれない。そのリスクはどうしても取り除けない。

だけど、同じように。これから先、何があるかわからないからこそ、幸せが待っているかもしれないんだ。

その可能性を捨てるには、私たちは、まだまだ若い気がするの。一度は命を捨てた私が言っても、説得力はないかもしれないけれど。

でも、でも……だからこそ。

「だけど……もし、このままずっと人を信じることができなかったら……?」

「私のことは、信じてくれたでしょ？」

「……っ……」

「だから、私に手紙をくれたんだよね？」

ゆっくり、理香子ちゃんに近づく。理香子ちゃんがビクッと肩を揺らした。警戒しているのが伝わってくる。

……前のときとは違う。今度は私が、手を引く番。

「きっと現れるよ。信じられる人。私ももう二度と誰も信じられないってそう思ってた。でも今は理香子ちゃんのこと、信じてる」

手を伸ばす。

「だから、私を信じて……笑える日、絶対に来るから」

彼女の瞳が揺れる。

理香子ちゃんが、ゆっくり私の手を掴んだ。

飛び降りて死んだ。二度目も、飛び降りて死のうとした。

その私が、死のうとしている女の子の手を引いて助けようとしている。

たったの、四十九日間で。

理香子ちゃんがフェンスを乗り越える。そして面と向かって目が合った。

「生きてくれる？」

私の問いかけに、理香子ちゃんは深く頷いた。

「生きるよ。生きて、みる」

力強い言葉に、私は安堵を笑顔として表情にこぼした。

大切な人……理香子ちゃんの未来が、明るく輝いていることを願う。

私は、強く、そう祈るよ。


「そのケガ、どうしたの？」

体育館にふたりで向かうと、笑っているはずなのに、目が笑っていない隼人くんに迎えられた。体育館ステージの脇、次が隼人くんの出番で、控えていたらしい。

ギリギリのところで私たちは間に合ったのだ。私もアハハと乾いた笑みを返すことしかできない。

「保健室に行くよね？」

「いや……保健室には行けない、かも……」

窓ガラス割っちゃったし。

流血しているってことは、たぶん、至るところに血を巻き散らしてしまっているかもしれない。

目についたところは、体育館に来る前にささっと拭ってきたけれど……。

犯人は現場に戻ると言うけれど……戻れない。いや、戻りたくない。

「はぁ……じゃあ水でよく洗って、これで傷口押さえてて」

「うん……」

「手品のアシスタントは安田さんだけでいいから。ゆりは客席で見てて」

手渡されたのはハンカチだった。せっかく今日、初めて隼人くんの手品のお手伝いができると思っていたのに。

でも理香子ちゃんの命が助かったのだから、いいか。命には、代えられない。

言われた通りに傷口を洗い、ハンカチをケガをした足に当てた。そのあと客席でクラスメイトたちが座る場所まで向かい、着席した。

……あと残された時間はどれくらいなのだろう。

飛び降りたのが今日の午後八時を少しすぎた頃だった。そのくらいに私はいなくなるのかな。じゃあ、あと二時間弱ほどしかないのかな。

落ちついている。穏やかで、心が凪《な》いでいる。隠している本音はたくさんあるけれど、でも今はもう、いい。事故を防ぐことができて、理香子ちゃんが生きると言ってくれた。隼人くんも、クラスメイトもみんな、生きている。

これ以上のハッピーエンドは、きっとない。

最後に隼人くんのマジックショーを見られることも、運がよすぎた。

一度目の十月二十日と、二度目の今日とじゃ、心の持ちようが全然違う。真逆だ。人生最後の日をこんな心境で迎えられて、私は……間違いなく幸せだ。涙なんて、流す必要なんか、ないんだ。

後夜祭が終わったあと、私はあと片づけ中のクラスからそっと抜け出した。途中、涙目な理香子ちゃんから腕を掴まれたけれど「まだ大丈夫だよ。トイレに行ってくるね」と言って聞かせた。

でもそれは嘘で、実際に訪れたのは思い入れのありすぎる屋上だった。星空を見る。吸い込まれそうなほどきれいだ。むしろ吸い込まれたい。

さよならを言うのは、辛い。だからひとりでここにやってきた。命の灯火が消えるのを、そっと待つ。

その、つもりだった。

「ゆり……！」

――バンッ!!

屋上の扉が勢いよく開き、私の心臓は止まりかけた。やってきたのは隼人くんだった。

……やっぱり、見つかったか。

「なんで黙って行くんだよ……っ」

「ごめん」

「一緒にいよう。最後まで」

隣に来て、手をぎゅっと握られる。力は、あまりに強い。涙は、流さないつもりだった。悲しくないから。

だけど、きみがそばにいると寂しくなるの。

わかるでしょ？　大好きな人とのさよならは、したくない。

「夕方のこと、安田さんから聞いたよ」

「……うん」

「だから行かなかったんだね？」

「うん、ごめん」

「謝らないで。ゆりは、強くなれたんだから」

「生きられなくてごめんね」

「ううん。大丈夫」

「短かったね。この一ヶ月半」

「ほんとうだよ」

「私、この世界から消える前に、生きたいって思えてよかった。恋ができてよかった」

「うん」

「全部、隼人くんのおかげ」

「ゆりが頑張ったんだよ」

「そんなことない。……ねぇ隼人くん。夢、叶えてね。私に夢はできなかったけど、今の私の夢は隼人くんが夢を叶えることだから」

「頑張るよ」

……ああ、もう、時間が足りない。

いくらあっても、足りない。話し足りない。伝えきれない。この胸にある気持ち全部。

「ゆり……っ、体が……っ」

「えっ？」

「……綾瀬さんじゃない」

ふと自分の足元を見た。肉づきのない貧相《ひんそう》な足。ガリガリと細っこい腕。視界の端で風に揺れるのは長い黒髪。

……嘘。元の私に、戻ってる？

「あっ……」

声が漏れた。

ぽわん、と、体が光る。比喩《ひゆ》ではなく、本当の本当に。体が発光している。直感的に〝もう消えるんだ〟と悟った。

とっさに隼人くんを見る。泣いていた。

私は変わった。私がいなくなることで、こんなに泣いてくれる人がいる。

……もう、十分だ。

「嫌だ。ゆり。いなくならないでくれ……っ」

「隼人くん」

私の頬に、彼の手が触れる。

「好きだ、ゆり……離れたくない……っ」

「ねぇ、隼人くん、聞いて」

「……？」

「きみは、私の光だった。狭く暗い世界に降り注いだ光だったよ」

「……ゆりもだ。僕の光だった」

短く息を吐く。私の頬に触れている手に、自分の手を重ねた。

「ねえ、またどこかで出会えたら……私、笑って隼人くんに話しかけるね。それでまた……また絶対、隼人くんを好きになるよ。約束」

「うん。僕も。約束。ゆりがどこにいても絶対に見つけ出してみせるから」

私と彼の気持ちが重なるように、私たちは手を絡ませ、額をくっつけて別れを惜しむ。

彼からの最後の言葉は約束に似た力強い誓いだった。笑っちゃうかもしれないけれど、不可能だとわかっているのに、隼人くんが言うと、叶ってしまうんじゃないかって期待してしまうんだ。

これは私の新しい価値観なのだけど。

誰しもが、誰かにとっての光なのかもしれない。いじめてきたあの子も、美樹ちゃんだって、みんな自分と同じように家族がいる。友達がいる。好きな人がいる。恋人がいる。

だから、きっと大丈夫だ。

この世界は優しい光で溢れている。生きている人、みんなが光そのものなのだから。

きっと、わかり合える。

自分を傷つけてくる運命に自分からさよならして。居場所を探す。

「……」

星の光が私の体めがけて集まってくる。

体が浮いた。そして、たくさんの光に包まれたかと思うと、一瞬にして散った。

……さよなら、隼人くん。

私の人生は、とても幸せでした。
最後にきみに、出会えたから。
恋が、できたから。
生きたいと、思えたから。

それぞれの朝

【side H】

目を閉じていてもわかる。今日は晴れだ。太陽の光が眩しい。目覚ましの音に起こされて、僕はベッドから起き上がった。その拍子に涙が頬を伝った。夢を見ていた気がする。どんな夢かはわからない。思い出せない。

もやもやしたような、空虚な心中。起き上がって制服に着替える。

青い空、白い雲、そして爽やかな風が吹く、朝。

「行ってきます」

見送ってくれた母にそう告げて歩き出す。登校中、この生まれ育った田舎町の風景が美しいということを、僕は改めて感じた。

なぜかは、わからない。

昨日後夜祭のあと、なぜかひとりで屋上にいて泣いていたことと何か関係があるのだろうか。昨日までの記憶はしっかりあるのに、なにか大切なことを忘れてしまった喪失感があるんだ。

何かを失った悲しみが、心に蔓延《はびこ》っている。そのことに、頭が冴えていくと同時にだんだんと気づいていった。

けれど、何を失ってしまったのかわからないんだ。

ただただ喪失感に苛《さいな》まれている。

その事実は変わらない。

朝登校すると、隣の席には何やら神妙《しんみょう》な面持ちをした綾瀬さんがひとりで座っていた。いつもはそんなこと気にしないのに、彼女の表情を確認してしまった。まるで何かの習慣みたいに、意識などせず。

「……何」

「いや……」

あまりに見つめすぎて、彼女に怪訝《けげん》な顔をされる。

どうして俺今、綾瀬さんのことが気になったんだろう。完全に無意識だった。特別仲がいいわけでもないのに。むしろ嫌われていると思う。

「きみが傷ついてたの、知ってた。無意識に人を傷つける人もいるもんね」

「……っ……」

「だけどさ、故意に人を傷つけるのは、もっと罪だよ」

昨日、保健室で交わした言葉を思い出す。

綾瀬さんと安田さんの仲がここ最近急におかしくなったことには気づいていた。安田さんも学校を休みがちになったし。昨日も文化祭に来なかった。

ふと廊下を見ると、安田さんがちょうど登校してきたところで、誰とも挨拶を交わすことなく席に座った。今日は学校に来れたことに安堵する。

……会いたい。
ふと、そんなことを、願った。
誰に？　誰に会いたい？　……わからない。
空を見る。屋上へ行こうと席を立った。
僕はいったい、誰に会いたいんだろう……。

【sideR】

死にたい。死にたい。死にたい。

そう、想い続けていたはずなのに。すっかりその気持ちが抜け落ちてしまった。

目覚ましが鳴るより早く起きてすぐ、私は空を見た。太陽が燦々《さんさん》と輝いていて、すごく眩しくて、目が痛んだ。しばらくの間、外をぼんやりと見つめた。

昨日、文化祭には行かなかった。行けなかったというほうが正しいのだけれど。

高校生になったらやりたいこと、たくさんあった。文化祭はそうちのひとつだった。それなのに行けなかった。足がすくんだ。クラスメイトに会う勇気がなかった。悪口を言われるんじゃないかって。また傷つくのが怖くて。

あんなに怯えていたのに、今は……違う。すごく穏やかだ。

「……」

なんでこんなにも「生きたい」んだろう……？

もう誰のことも憎くない。ううん、違うな。諦めに近い感情を抱いている。私は、あのクラスに馴染《なじ》むことを諦めたのかもしれない。

ずっと元に戻りたかった。どうしてこうなったんだろう。私のいけないところがあるなら教えてほしい。いじめたくなるほど憎たらしい私の短所。以前のようにみんなとまた仲良くなれるならなんでもする。

そうずっと悩んでは気持ちが滅入っていた。今はその気持ちすらない。

なぜ自分を傷つけて、蔑ろにして、大切にしてくれない人たちの顔色を伺って、遜っていたのだろう。自分の感情が信じられない。

まるで——生まれ変わった気分。

パジャマのまま、リビングに向かった。そして朝食の準備をするお母さんの後姿を見つかる。

「ねぇ、お母さん」

「あら、早起きね。何？　どうしたの？」

「私、転校したい……」

「え？」

朝食を作る母に話しかけた。母は驚いた顔をして、作業する手を止めた。

本音をぶつけた。

いじめられていることも話した。ずっと言えなかった。でも今なら話せると本能的に感じたのだ。

泣きながら聞いてくれた母が、「そうしよう」と賛成してくれた。

どうして私は死にたかったんだっけ？

忘れた。

転校して環境を変えて、私は逃げてでも生きてやる。いじめでなんて、死んでやりたくない。

だって、悔しいじゃない。私の未来を、クラスメイトたちに奪われるのは。

「行ってきます」

「無理に行かなくてもいいのよ」

「ううん。大丈夫」

私は、もう、大丈夫。

生きて、生きて、生きていくんだから。死にたくなっても、死にたいままでも。

【side M】

わかっていた。自分がどれだけ酷いことをしていたか。でも気づいたら歯止めがきかなくなっていた。

——違う。私をイライラさせる環境が悪い。ストレスを発散できないこの田舎が悪い。悪いのはわたしじゃない。

そう言い聞かせて、自分を正当化していた。

悪夢をずっと、気が遠くなる時間見ていた気がする。

苦しくて、息ができなくて。でもまったく覚めない夢。内容は思い出せない。

「はっ……はぁはぁ……っ」

窒息しそうになりながら、息を吐いて起きた。

朝の日差しがカーテンの隙間から漏れている。喉が渇いていて、汗だくだった。そしてなぜか泣いていた。

昨日はせっかくの文化祭だったのに、私は体調不良で保健室に運ばれ、そのまま帰宅した。

後夜祭を楽しみにしていたというのに。きっとクラスメイトたちがスマホのカメラで撮影していただろうから、あとで見せてもらおう。そこまで考えて、心が落ち込む。

私に本当の友達はいないってことに、私はとっくに気づいている。

きっと高校を卒業したら私と親しくしてくれる人なんていないだろう。みんな高校を卒業するまでの辛抱だと我慢して私に恐怖しながら高校生活を送っている。それがみんなの態度でわかってしまう。みんな私にいじめられるのを恐れている。標的が理香子から自分になるのが嫌なんだと思う。ひしひしと伝わる。

起き上がり、母が作った料理を食べながらテレビを見る。朝のニュースは今日も芸能人のスキャンダルを報道していて、私たち一般人には興味のない内容だった。

「今日はやけに早いじゃない」

「うん」

「毎日こうだと助かるのにねえ〜」

母の小言を黙って聞き流せた。いつもだったら「うるっさいな」と言い返していた。でも今日はそういう気分にならないどころか、母の小言も嫌に感じなかった。

「まだ熱でもあるの？」

「ないよ」

額に掌をあてられ、熱を測られるその行動にはさすがに眉を中心に寄せた。

朝はいつも苦手だった。母に毎日怒られながら起こされて気分最悪で起床するのがお決まり。なのに今は時間の流れが緩やかで、どうしてこんなにも脱力しているのかわからないほど、心の波が穏やかだ。

昨日まで、どうしてあんなにせかせかと何事にも苛立ち、攻撃的な自分だったのかも、今はわからない。

……今日、理香子に会ったら謝ろう。クラスメイトへ威圧的な態度もやめよう。

なぜか、そういう気分に自然となった。許されるとは、思わないけれど。

「美樹、おはよう」

クラスメイトの女の子たちは私を見つけると一目散に挨拶をしてくる。それが昨日までは優越感でいっぱいだったのに、今はそうでもない。

「おはよう」

返事をして、席に座った。しばらくして隣の席の隼人が登校してきた。

顔をまじまじと見つめられ、ついいつものように不機嫌に「なに？」と言い返してしまい、自己嫌悪。

優しくなりたい。いじめなんてやめて、心から慕われる人間に生まれ変わりたい。

「……っ」

ふとその時、視界の端で理香子が教室に入ってくるのが見えた。クラスメイトはまるで彼女が見えていないかのように振舞っている。私は徐に席を立ち、彼女に近づいた。私に気付いた理香子の瞳が揺れたのがわかった。

「理香子……話が、あるんだけど」

唇を軽く噛んで、手のひらを握りしめた。

……願うことが許されるなら、私、生まれ変わりたい。

ここから。この、朝から。

きっと、プロローグ

暗闇の中、遠くのほうから一筋の光がこちらに向かって飛んでくる。そして、直撃した。

そんな風に、目が、覚めた。

まぶたをうっすら開けて、まばたきを数回繰り返す。意識が朦朧として、上手く思考回路が働かない。なにもかもが重く感じた。まばたきも、声を出そうとすることも、状況を飲み込もうとすることも。

ずっと、ずっと、長い夢を見ていた気がする。だけどどんな夢を見ていたのか、全然思い出せない。

ゆっくり、一回一回を噛みしめるようにまばたきを繰り返しながら、視界いっぱいに広がる天井をぼんやりと見ていた。

ここは、どこ……？

確認しようにも、体が動かない。鉛《なまり》のように重い。声も、出ない。

「っ、ゆり！　ゆり……っ!?　目が覚めたのね……っ」

母の声がした。かろうじて動く目線を横に向けた。そこには泣き崩れた母と、その母を支えるように立つ父がいた。

お母さん……お父さん……。

会えた喜びに、一気に涙が溢れる。そんなに離れていたわけでもないのに、どうしてこんなに顔を見ただけでうれしいのかわからない。

父がそっと母のそばを離れ、部屋を出ていった。母は私の手を握り「よかった」という言葉を繰り返した。私はただ泣き続けた。

——私は……生きている。

そしてしばらくして、慌ただしく部屋にたくさんの白衣を着た人たちが入ってきた。それを見て、ここが病院だったことを知る。よく見ると、自分の腕には点滴がつながれていて、包帯もグルグルと巻かれていた。均一な電子音は、私の心臓の音を刻んでいた。

どうやら私は一ヶ月半、眠ったままでいたらしい。教室のベランダから飛び降りたのに、死ななかったんだ。

……だけどなんでだろう？　私の心の中には、かすかな安堵感が広がっていた。あんなに、死にたかったはずなのに。

生きている。生きている喜びが心に充満している。

涙が、止まらない。

死なくて、本当によかった。本当の、本当に。

「あのね、お母さん、私ね……」

目覚めて数日がたち、落ちついてから、ずっと言い出せなかったことを両親に話した。

いじめられていたこと。恥ずかしくてそれを言えずにいたこと。耐えきれずに死ぬことを選んだこと。すべてを包み隠さず。

そしたら「気づいてあげられなくてごめんね」とさらに泣かせてしまった。

だけど、私は、生きている。今からでもきっと、やり直せる……はずだよね。

目を覚ましたあとの世界は、目覚める前とはなんだか違って見えた。あんなに淀んでいた世界が、生まれ変わったように光に満ち、輝いている。

空の色。流れていく雲。そよぐ風。生えているなんでもないそこらへんの木。影。太陽。車道を走る車。街中を歩いて通りすぎていく人たち。

今まで流れ作業のように見ていた景色たちが、特別なもののように見える。

私の中で、何かが変わったということなのだろうか？

曇っていたはずの心が、こんなに晴れやかだ。

その後、先生と体調を見ながら私はリハビリに励んだ。学校の三階から飛び降りたんだ。マンションのまわりに生えている木がクッションになったとはいえ、そう簡単なリハビリではなかった。とても、過酷だった。

飛び降りた衝撃で右足に麻痺《まひ》があり、自由に動かせない。自分についている足なのに、感覚がないだけで、こんなにも不自由になるのか。気持ちも、かなり滅入《めい》っていた。

リハビリを始めて二週間がたった。今日もリハビリを終え、看護師さんに車イスを押してもらって廊下を進んでいたとき、病院の中庭に人集《だか》りができていることに気がついた。

誰かを囲むように、人が集まっている。いったい何事だろう？

「ゆりちゃんも行ってみる？」

私の目線に気づいてくれた看護師さんに頷いてみせると、方向転換した車イスが外へ出た。

芝生の上は車輪が地面にめり込むのか、ガタガタと不安定だ。

「じつはね、ゆりちゃんと同じ年の男の子がね、時々ボランティアでマジックショーをしてくれてるの」

「マジックショー？」

「そう。プロのマジシャンを目指してるんだって。すごいよねえ」

目線は真っすぐのまま、看護師さんの話を聞いた。

私、生でマジックショーを見るのは初めてだ。なんだかドキドキする。

近くまで歩いていくと、入院している子どもたちからお年寄りまで、たくさんの人に囲まれているひとりの男の子が見えた。

彼が身につけているのは、ジーパンに、白いシャツ、黒いベストとシルクハットという、なんともそれらしい格好であった。

車イスに乗った私に気づいてくれたみんなが、私にも手品が見えるようにとスペースを作ってくれる。

お礼を言って前を向くと、マジシャンの男の子と目が合った。優しそうな垂れた目をした、その男の子。にっこり、微笑まれる。

そして私にゆっくりと近づき、目線を合わせるようにひざまずく彼。

手をジャケットの中に忍ばせて、私の目の前で黒いステッキを取り出した。

長さは十五センチほどだろうか。なんの変哲もないそのステッキをくるくるとまわし、私にアピールする。

そして彼がそのステッキの先端を指で撫で、息を吹きかける。その一瞬で現れたのは、カラフルな花束だった。

目の前に突然出現したそれに目を見開く。

——それは、まさに、世界が変わる一瞬。

差し出された花束を受け取ると同時に、——私は笑って泣いた。口角は間違いなく上がっているのに、両目からポロポロと涙がこぼれ落ちた。

「わっ、ごめん、驚かせちゃった!?」

「いや、ちがくて……っ」

なんでこんなに涙が出るのか、自分でもわからなかった。だけどどこか懐かしくて、愛しくて、温かい気持ちになる。

彼のマジックには、そんなチカラがある。漠然とだけど、たしかにそう感じたのだ。

「僕、たくさんの人を笑顔にするためにマジシャンになりたいんだ」

「………………っ……」

「だから次は絶対に、きみのこと笑わせてみせるから。約束」

小指を突き立てて、首をかしげる仕草。私は涙を拭ってその小指に自分の小指を絡ませた。

――太陽が、目の前にいる。

ふと、そんなことを思った。

優しい太陽の光に満ちたこの広場、この世界。

辛いことがたくさんあった。死にたくなった瞬間が幾度もあった。未来に希望なんて持てなかった。

死にたくて死にたくて、自分のことも、この世界のことも恨んできた。これからもきっと、絶望はやってくる。

だけど、私は生きていくし。そう決めたんだ。もう死にたいだなんて、思わない。

強く、強く。

私は生きて、生きて……生き抜いてやりたい。

涙を流した瞬間も、悔しかったあの時間も、他人からの悪意にだってもう負けたくない。

私の人生、もう誰にも不幸にさせない。そのためにも強く、ならなくちゃいけないんだ。

「僕、酒井隼人。きみは？」

「私は……新垣ゆり……」

名乗ると、目の前の彼が驚いたように目を見開いた。

そして、詰まらせるように短く息を吐いた彼と目が合った。それはまるで、誰かを慈しむかのような優しくて穏やかな目だった。

「ゆり。僕……きみに、ずっと会いたかった気がする」

「え？」

……新しい私の人生が、今、始まる。

書き下ろし番外編　何度生まれ変わっても

私が意識を取り戻してから、一ヵ月が経過した。

体に巻かれていた包帯の数は徐々に減ってきてはいるけれど、一番邪魔に思う頭の包帯は「一番最後だね」と先生に言われてしまった。不服として頬を膨らませた私に先生が困り、両親はおかしそうに笑っていた。

穏やかな入院生活。だけどリハビリの時間は憂鬱だった。ついこの間まで自由自在だった右足。何も考えずに動かせていたものなのに、今は汗をかきながら両脇で棒に支えてもらいつつ、右足を引きずるようにして一メートル歩くのが精一杯。

とても疲れるし、フラストレーションが溜まっていた。

「……」

あと少しで午後五時。もうすぐ担当の看護師さんが迎えに来る時間だ。私はベッドに寝転んで、時計の針を睨みながら考えを巡らせていた。

どうにかして逃げ出したい……。

悶々とした気持ちの中、私は意を決して起き上がりベッド脇に置かれた車イスに乗った。病室の扉をこっそりと開け、廊下を見る。看護師さんたちが通っていないことを確認して私は病室を抜け出した。

エレベーター前まで車イスを漕《こ》ぎ、下のボタンを押して、〝早く来て〟と強く願いながら待つ。開かれたエレベーターには人が乗っていた。その人物に目を見開く。

「ゆり？」

「……っ」

名前を呼ばれ、ぎこちなく笑った。

「は、隼人くん……」

「何してるの？　こんなところで……」

少し前に中庭で出会った男の子だった。

毎週日曜日にこの病院にやってきては、手品をみんなに披露してまわっているボランティアの人。最近は手品を披露し終えたあと、必ず私の病室に来ては談笑して帰るようになった。

そんな彼に見つかった。どうしようか迷っていると、背後から「あれ？　ゆりちゃんがいない」と担当の看護師さんの声が聞こえてきた。

まずい。隼人くんに説明している暇はない。

「とりあえず乗せて……！」

「ええっ!?」

車イスで無理やりエレベーターに乗り込む。そしてすぐ一階のボタンを押して、閉じるボタンを押した。

ほっと胸を撫で下ろしていると、「ゆり？」と頭上から声が降ってきた。

私は下唇を噛んで少し考えたあと、「隼人くん、私の逃避行《とうひこう》に付き合ってくれない？」と彼を見上げた。

目をみはった彼は顎に手を添えて少しだけ悩んだあと、「おっけい。その話、乗った」とにっこり笑った。

そして彼は背負っていたリュックから変装道具を取り出し、私にウィッグをかぶせ、メガネをかけさせた。

「これで完璧」

満足そうに笑った彼は、どうやらこの状況を楽しんでいるみたいだ。

エレベーターが一階までたどりつき、彼に車イスを押してもらって外へ出た。途中で窓ガラスに映った自分を見て、初めて自分が男の子に変装していることに気がつく。

「なんでウィッグ……？」

「僕のリュックは四次元ポケットと同じ仕組みだから、必要なものはなんでも揃ってるんだよ」

「へ、へぇ……？」

これはきっと、冗談を言って笑わせようとしてくれている……？

鼻歌を楽しそうに奏《かな》でる彼に、苦笑い。

「さあて、どこに行きます？　お姫様」

「お、お姫様!?」

そ、そんなキャラじゃないのに。赤面する私の背後では「くくくっ」と笑う声。

完全にからかってるよ、この人……。

「じゃあ、デートでもしますか」

「へっ？」

後ろを向くと、気づいて微笑んでくれた隼人くんに私の心臓がドキドキし始める。

……初めて会ったときから、そうだった。

彼が持つ独特な癒やし系の雰囲気と破壊力抜群な笑顔に、私の心臓は落ちつきを失う。

いつもドキドキさせられる。底抜けに優しくて、病室で見せてくれるマジックには
いつも心躍《おど》らされる。いつも私を笑顔にしてくれるんだ。

「さっき近くの公園にさ、クレープ屋さんのワゴンがいるのを見たんだけど……行ってみない？」

「えっ、行きたい。でも私、何も持たずに飛び出してきちゃったから……」

「何も気にしないで」

それだけ言うと、彼は「よし、行こう」とノリノリで車イスを押した。勢いが上がって私は「ひゃあ」と、声を上げた。

ぐんぐん進む中、だんだん楽しくなってきた私は笑い声を我慢できなくなった。

ウィッグが飛んでいってしまわないように押さえて、私たちはふたりで笑いながら公園まで進んだ。

夕方の公園は小学生で賑わっていた。元気いっぱいに駆けまわる子どもたちを見て、私は自分の足を見た。

「あ、ほら、あそこ……！」

暗く沈みかけた気持ちと目線。隼人くんの声で顔を上げると、以前はなかったクレープ屋さんがオープンしていた。

ピンク色のワゴン車。車体がお店になっている。

「何がいい？」

お店の前まで行くと、隼人くんが隣で腰を屈《かが》めて尋ねてくれた。

看板にはたくさんの種類のクレープの写真があり、私は隅々《すみずみ》まで目を通しながらひたすら悩む。

いちごか。いや、チョコもいいな。だけど、キャラメルも捨てがたいし……。

真剣に悩む私を見て隣で隼人くんが笑う。

「何と何で悩んでる？」

「いちごか、チョコ……」

「よし、わかった。お姉さん、このいちごとチョコのやつください」

「えっ？」

「かしこまりました」

にっこり笑う店員のお姉さんと、注文した隼人くんもにっこり笑って「お願いします」と料金を支払ってくれた。

目が合うと、「半分こしようね」と無邪気に言う彼に面食らう。

「あ、ありがとう……」

「どういたしまして」

……こんなの、本当にデートしているみたいじゃん。

ドキドキしている胸に手を当てる。一度は止まれと願った音だ。

どうしてこんなに優しくしてくれるんだろう？

隼人くん、ここから片道二時間もかかるところから毎週来てくれているし。

ボランティアのためだろうけど、私の病室に来て手品を披露してくれたあとに「あとでまた来るね」と言われるのが好き。

そして私の病室に衣装をまとわず、「来ちゃった」とか「お待たせ」と顔を見せてくれる瞬間が、私は楽しみで仕方ない。

辛い毎日の中で、彼の存在が私を癒やし、勇気づけてくれる。

移動した。

「お待たせしました」

お姉さんからクレープをふたつ受け取り、私たちはワゴン横にある飲食スペースに移動した。

「おいしそうだね」

そう隼人くんが目を細めている。私が「どっちから食べる?」と聞くと「ゆりが好きなほうから食べな」と言われ、両手に持つクレープを見つめた。

「じゃあ……いちごから」

「うん」

チョコレートのほうを彼に渡す。手元に残った、いちごのクレープ。見ているだけでおいしそうで、幸せな気分になる。

「いただきます」

「いただきます」

ぱくっとひと口食べると、いちごの甘酸っぱさと生クリームの甘みが口内に広がり一気に感動が押し寄せる。

「ん～! おいしい!」

「ほんと! うまいな!」

「うんっ」

いくらでも食べられそう。

「ゆりは本当においしそうに食べるよね。チョコもおいしいよ」

チョコのクレープを差し出され、いちごと交換しようとすると、隼人くんはクレープを引っ込めてしまった。

「ダメだよ」

「……？」

「口開けて？　ほら、あーん」

「……っ！」

戸惑う私にニコニコ微笑み続ける彼に「ううう……」とうろたえつつも、恥ずかしくて爆発しそうな感情を抱えたまま目をぎゅっとつむって、口を大きく開けた。

そしてチョコのクレープを頬張った。

「よくできました」

口をもぐもぐさせながら、湯気が出るんじゃないかと思うほど熱くなった顔、頬に空いている左手を添えた。

「ゆり、顔真っ赤だよ？」

「……誰のせいだと思ってるんですか？」

「ははは、そんなに怒んないで？」

ああ、もう……勘弁してほしい。

そんなこんなでクレープを無事に食べ終え、ふたりで一息ついていたときだ。

隼人くんが口を開いたのは。

「これからどうする？」

「どうしよっかな」

「病院には戻らない？」

「うーん」

いずれ戻らなくてはならないことはわかっているけれど、どうしても気が乗らない。

「ゆり、何か辛いことがあるなら僕に教えて？」

「……」

「僕にできることがあるなら、なんでもしたい」

真っすぐに私を見る瞳は、まるで宝石みたい。

あまりにきれいで、優しくて……私は目をそらした。

「……最近、リハビリが辛いんだよね」

「うん」

「完全に右足の感覚がないから、これ以上頑張ってもよくならないこと、わかってるの。なのに続ける意味、あるのかなって」

自嘲するように、苦し紛れでも無理やり明るく話す。それにこの前、先生と両親が話しているのを偶然聞いてしまったんだ。

『お嬢さんのリハビリを、そろそろ杖《つえ》での歩行訓練に切り替えます』

『やっぱり元のように両足だけで歩くのは、難しいんでしょうか？』

『はい。はっきり申し上げると、不可能に近いかと……』

その会話を聞いてから、頑張る気力がすっかりなくなってしまった。頭で理解していても、実際に言葉ではっきり言われてしまうととても残酷な宣告だった。

悪いのは私だ。自分の命を粗末にしてしまった。その罰として右足を失ったんだ。

一命をとりとめたのだから、不幸中の幸いだったのかもしれない。

だけど、お先は真っ暗だ。生きていた喜びを感じてすぐ、未来への光が霞んだ。障がいがある状態で、この先どうやって生きていけばいいのかわからないんだ。

「友だちもいないし。右足に障がいはあるし……お先真っ暗だよ」

鼻で笑って、泣いてしまわないように気をつけた。

「学校も、辞めるか転校するかとか……いろいろ考えなきゃいけないし」

「うん」

「なんか疲れてきちゃってさ」

どうしてただ、生きているだけなのに問題は尽きないんだろうね。

せっかくつながれた命。生きていくって、心に決めても簡単に折れそうになる。

「あ。ゆりの髪の毛に何かついてる」

「えっ？」

前のめりになり、私の髪の毛に手を伸ばした隼人くん。目線を追うと、何も持っていなかったはずの手に、一輪の花が急に現れた。

驚いていると「はい」と手渡されて、何も考えずに受け取った。

「僕はたくさんの人を笑顔にするマジシャンになりたいんだって、前にそう言ったよね？」

「うん」

「だから僕は時間がかかっても、ゆりを笑顔にできるように頑張るね」

時間がかかっても……？　それって、これから先も私のそばにいてくれるってこと……？

そう考えついて、思わず口元を手で隠す。

「どう、して……？」

「ん？　何が？」

「どうしてそんなに優しくしてくれるの……？」

今日だってそうだ。

突然〝逃避行に付き合って〟だなんて。

面倒だし、普通だったら断るのが定石《じょうせき》だろう。それなのにノリノリで付き合ってくれて。

ただ、病院で知り合っただけの女の子にどうしてこんなに優しくしてくれるの？

「……わかんない」

「え？」

「でも、ゆりには優しくしたくなる。もしかしたらこれはゆりのせいかもね。それにさ」

言葉をいったん止めた彼。

穏やかな秋風が私たちの間を通りすぎる。かと思えば私のかぶっていたウィッグを勢いよく落とした突風。

「僕、きみを探してた気がするんだ。初めて会ったとき、なんか泣きそうになったし。僕ら、長いお付き合いになりそうだと思わない？」

頬杖をついて微笑む彼に、私はこくりと頷いた。

ふっと息をこぼす彼は、なんて寛大な心の持ち主なのだろう？

同じ年なはずなのに、包容力がずば抜けている。安心感が桁違《けたちが》いで、傷だらけの私は、心を全部彼に預けて甘えたくなる。

温かくて、大切にしたくなる。

生まれて初めての気持ち。

「帰ろっか」

「うん」

彼にもらった一輪の花。よく見ると、きれいな薔薇《ばら》だった。前にもらった花束と同様、造花だけど、見ているだけで幸せな気分になる。

「これ、どうする？　かぶる？」

「ううん。もう大丈夫」

手渡されたウィッグは膝に置いた。

穏やかな気持ちで車イスを押され、病院まで戻った。

このとき通った道の並木や空気感、「寒くない？　大丈夫？」、「大丈夫だよ」と交わしたなんでもない会話。そのどれもを私は一生忘れたくないと思った。

……ちなみにそのあと病室に戻った私たちは、看護師さんにこっぴどく叱られた。

「じゃあ、いつでも連絡して」

「うん。ありがとう」

私と隼人くんは連絡先を交換した。アプリを介してメッセージを送り合ったり、テレビ電話をしたりで片道二時間の距離と毎週日曜日までの時間を埋めた。

心がめげそうなときは隼人くんの声を聞いたら落ちついたし、励ましてもらったりで私のメンタルは保たれた。

テレビ電話ごしで手品を見せてもらって拍手したり、練習中の手品を見せてもらって、初めて失敗するところを見られたり。

なんの障がいもなく、私たちの心の距離は縮まっていった。最初から、こうなることが決まっていたかのように。

好きだと言われたわけでもないし、好きだと言ったわけでもなかった。

だけど、それでも居心地がよくて、生まれて初めての幸福感に包まれていた。

学校は両親と話し合って、週に一度の登校で済む通信制の学校へ転校することに決めた。

そして杖を使ってのリハビリは順調に進み、私は十二月に無事に退院した。

顔に傷が残らなかったのは、とてもラッキーだったと改めて思う。


「いらっしゃいませ」


私は週に一度学校へ通いながら、病院の食堂でアルバイトを始めた。

入院中から顔見知りの方に働かせてもらえないか相談したら、快く引き受けてくれた。

「お願いします」

杖を使って厨房《ちゅうぼう》の中に立ち、カウンターごしにお客様から食券を受け取り、料理担当のスタッフにオーダーを通す。

そして、カウンターの上に用意したトレーにできあがった料理をのせ、「お待たせしました」とお客様に手渡す。

まわりのスタッフに協力してもらっているのが一番だけど、厨房の中で体の向きを変えるのがメインで移動も少ないので、杖を使った状態でもなんとかできている。

「お願いします」

「はぁーい！　あっ！」

振り返った先にいた人物に笑顔になる。

「隼人くん」

「頑張ってるね、ゆり」

今日は日曜日だ。

だから、ひょっとして……とは思っていた。

「今日もカツカレー？」

「うん」

この前の電話で好きだって言っていたっけ。

「ゆりちゃん、そろそろあがっていいよ。まかない何がいい？」

「ありがとうございます」

厨房にいる店長に頭を下げ、チラッと隼人くんを見る。

「じゃあ……カツカレーで」

「はいよー」

再び振り返ると、隼人くんにアイコンタクトを送る。頷いた隼人くんは、私の代わりに入ってきた先輩からカツカレーを受け取って「あっちで待ってるね」と言い、席に向かった。

バックヤードで制服から着替えて、スマホを確認すると、最近学校で仲良くなった・・・リカコちゃんからメッセージが届いていた。すぐに返信をしてお店の前に行くと、準備されていたカツカレーを受け取りにいく。

杖で歩いている手前、どうやって隼人くんのいる席まで運ぼうか悩んでいると、目の前のトレーが誰かの手によって持ち上げられた。

「行くよ」

隼人くんだった。

もしかして、私が出てくるタイミングを見計らってくれていたのかな……。

また優しさに触れて、幸せな気分になる。会えたというだけでも、うれしくてたまらないのに。

「ありがとう」

「どういたしまして」

イスを引いて、エスコートしてくれる隼人くん。

向かい合って座り、はにかみ合う。

「いただきます」

「いただきます」

ふたりで手を合わせて、カツカレーをひと口食べる。

「ん！　おいしい！」

「だろ？」

「ふふふ。うん、とっても！」

隼人くんがいつも食べちゃう理由がわかった気がする。

「幸せだなぁ」

「え？」

「ゆりとただ、おいしいものを食べるだけで幸せ」

口角を上げて、心から言葉を落とした隼人くん。目が合ってボッと顔が熱くなる。

……同じことを考えていたよ言ったら、隼人くんはどんな顔をするかな？

困る、かな？　どう、だろ？

ドキドキする。ソワソワする。隼人くんといると、落ちつくのに、落ちつかない。矛盾しているけど、そうなの。

なんて言ったらいいかわかんないけど、私は今、隼人くんに生かされている。そんな感覚。

隼人くんがいるから、毎日が色鮮やかに象《かたど》られ、迷うことなく明日に向かえる。泣くことも、最近はほとんどなくなった。あんなに毎日泣いて泣いて、目を腫らしていたのに。

「ねえ、ゆり。二十五日なんだけど空いてる？」

「うん。大丈夫だけど……？」

「ゆりのクリスマス、僕にくれる？」

「あ……」

そっか。今月の二十五日はクリスマスか。

「僕とクリスマスデートしてください」

「……っ」

意味を理解した途端に気持ちを言葉にできなくて、素早くこくこくこく頷くことしかできなかった。

隼人くんは「ふはっ！　よかったぁ！」と噴き出して笑った。まるで断られなくてよかったと安堵するみたいに。

……断るわけ、ないのに。

「楽しみだな」

「うんっ」

うれしい感情をそのままに、カツカレーを大口で頬張る隼人くんを真似て、私も大きな口でカレーを食べる。

そのまま談笑しながら最後のひと口まで食べ終えた私たちは、ごちそうさまをして病院を出た。

「送っていくよ」

「帰るの遅くなっちゃうよ？」

「いいよ。大丈夫。ゆりをひとりで帰らせるなんてできないよ」

さらっと、なんでもないことのように言う。私は首に巻いたマフラーで、ニヤけそうになる口元をそっと隠した。

外は寒い。吹く風も、私たちの体を容赦なく冷やす。

冬の太陽は沈むのが早いし、乾いた空気に息を吐くと白くなる。

クリスマスまであと、少し……。
とても待ち遠しい。

【side隼人】

緑の芝生。見上げれば青い空、白い雲。

とある日曜の午後。僕は病院の中庭で手品を披露していた。

僕を取り囲む子どもたちと数人の大人と看護師たちは、みんなキラキラした顔で笑ってくれていた。

温かい拍手に包まれ、深々と頭を下げる。そんなときだった。

看護師さんに車イスを押されて、遠くからひとりの女の子がこちらに近づいてきたのは。

さらさらで真っ黒な長い髪、真っ白な肌。長袖パジャマの上からでもわかる細い腕と足、それから頭には白い包帯が巻かれている。

彼女を見た瞬間、僕の心臓がドクンと跳ねた。力のない瞳と目が合って自然と足が前に出て、彼女の前でひざまずく。

そして、いつでもできるようにと常時仕込んでいる花束を彼女にプレゼントした。

そうしたら彼女が急に泣き出すものだから、僕は慌てた。

それから……。

『僕、酒井隼人。きみは？』

『私は……新垣ゆり……』

鼓膜を揺らした、きみの透き通るような声、そして彼女の名前を聞いて、どうしようもなく泣きたくなった。

切なくて、苦しくて……だけどどこか温かい。悲しいんじゃない。だから、僕は息を吐いて笑った。

『ゆり。僕……きみに、ずっと会いたかった気がする』

『え？』

きょとんとした、かわいらしい顔。

僕は文化祭が終わったあとから、ずっと心にぽっかりと穴が開いたように感じていた。

誰かに無性に会いたいのに、誰に会いたいのかもわからない。

その消えないモヤモヤにずっと悩んでいた。

何か大切なものを失くして忘れているような感覚に、毎日泣きたくなるような気持ちでいっぱいだった。

それが一瞬にして晴れたみたいに、世界の色が変わった。

僕を見上げる彼女は何もわかっていない。

きみを、ずっと探していた気がする。きみに、ずっと会いたかった気がする。

……きみに出会って、はっきりとそうわかったんだ。

これは、運命だって。

――『きみは、私の光だった。狭く暗い世界に降り注いだ光だったよ』

夢を見た。顔ははっきり見えない。だけど女の子のシルエットが目の前にあって、僕は泣いている。

それだけがたしかで、それ以外はわからない。そんな夢。

目覚めたとき、右の目尻から涙が一滴こぼれ落ちた。鳴っていたスマホのアラームを止めて、起き上がる。

「ふぁああ……」

大きなあくびをした。時刻は朝の七時。

今日は待ちに待ったクリスマスだ。ゆりの家へ十時に迎えに行く約束をしている。

見ていた夢は、遠い記憶のような気がする。なんとなくだけど。

顔を洗って、歯磨きをして。洋服に着替えて髪の毛をセットする。

昨日買いに行ったゆりへのプレゼントもポケットに忍ばせて、準備は完璧だ。

「行ってきます」

家を出た。天気はいい。ただ気温がかなり低く寒い。テレビの天気予報だと夜には雪が降るそうだ。

ホワイトクリスマス。そうなったら、素敵だ。

無人駅に停車した電車に乗り込んで、ガラガラに空いた席に座る。

「……」

走り出した電車内で僕は天を仰いだ。

口元を両手で隠して、ドキドキする心臓を落ちつかせる。

今日、僕はゆりに〝好きです〟〝付き合ってください〟と交際を申し込もうと思っている。

嫌われているとは思っていない。だけど、絶対に頷いてもらえる自信もない。

息を深く吐く。重くなっていく気持ちを少しでも軽くしたい一心。

片道二時間の道のり。きみに近づく時間。

告白することを決めたけれど、ゆりはいったいどんなリアクションをするんだろう？

笑顔にしたい。もっと笑っていてほしいんだ。どんなときも、いつだって。ゆりの笑った顔が好きだ。大好きなんだ。好きな女の子には、世界で一番幸せになってほしい。

もし……その手伝いが僕にできるなら。そんな、幸せなことってきっとない。

ゆりの家の最寄り駅で下車した。

僕が大人になったら、この距離ももっと近くにすることができるのかな？

移動が苦痛ってわけじゃない。ただ、もっと気軽にゆりに会いに行けるようになりたいんだ。僕は簡単にゆりに会いたくなるから。

〈もうすぐつくよ〉

ゆりにメッセージを送る。すぐ既読になり、〈わかった〉との返事が来た。

僕は残りの距離を走ることにした。

やがてゆりの住むマンションが見えて、入り口に立って待つ彼女の姿を発見。

「ごめん……！　待った……!?」

「ううん、全然……！　今出てきたとこだよ」

ゆりはにっこり笑った。

僕は彼女の首元を温めているマフラーに手を伸ばして、たるみを直す。

鼻が赤い。寒い中、外で待たせてしまった。

「……ありがとう」

「ううん。じゃ、行こうか」

「うん」

手をつなぐ。拒絶されないことに安心する。顔を赤らめる彼女が少しそっぽを向く。

照れ隠しのその仕草がかわいくてしょうがない。笑っているのがバレないように手で口元を隠した。

……彼女はほんとかわいくて、とてもきれいだ。

こんなことを言ったら、ゆりは怒るかもしれないけれど、初めて会ったときにこぼした涙は宝石みたいにきれいだった。

雪みたいに白い肌、細い手足はすらっとしていて、とてもスタイルがいい。

一見クールに見える外見も、ひとつ会話をすれば彼女がどんなに魅力的かがわかる。

他の男にはわかってほしくないけど。

「大丈夫？」

「うん。大丈夫」

時折声をかけながら、杖を支えに歩いているゆりのスピードに合わせる。

「どこに行くの？」

「前に電話で僕が住む田舎に遊びに行きたいって言ってたろ？　今日行かない？」

「え！　行きたい！」

花が咲いたような笑顔。

「クリスマスだけど」

「関係ないよ。行こう」

僕の住む田舎について話すと、ゆりはすごく興味を持つ。食いつきがよくて僕もついつい話してしまうんだ。

青い空はいつも澄んでいて、夜空では星が大きく見える。吸う空気もきれいで、自由で伸び伸びできる。

コンビニやスーパーの数は少ないけれど、ないわけじゃない。

春の桜も、夏の向日葵も、秋の紅葉も、冬の朝日も。

そのどれもがお気に入りなのだと言うと、ゆりは「いつか連れていってほしいな」と、うっとりした声で言う。

とくに向日葵畑には、来年の夏に絶対に行こうという約束もしている。

「わあ……」

「な。田舎だろ?」

「うん。でも、いいね。なんか」

無人駅に取りつけられている木箱に切符を入れて、歩道に出る。寒いけど、風がないのが救いだ。田舎の寒さは気のせいかもしれないけれど、なんだか清々しい。

「どこ行きたい?」

「隼人くんが通ってる学校がいいな。通学路を一緒に歩きたい」

「わかった。だけど、どうして学校?」

思わず問いかけると、ゆりはまた照れた表情を浮かべた。

「……隼人くんと同じ学校に通えてたら、どんな感じなのかなって」

「なるほど」

かわいいな。まったく。

頭をぽんぽん撫でると、ゆりは不思議そうに無言で首をかしげた。

だから僕は首を左右に振って応えた。

「ううん。さ、行こっか」

「うんっ」

つないでいた手を握り直して、ふたりで歩いた。

隣にゆりがいるだけで、いつもの通学路が違うように感じる。

ゆりと同じ学校で、同じクラス。そんな毎日だったら、どんなに幸せだったかな。

「ここ?」

「うん」

学校の前に来て、足を止める。冬休みの学校はとても静かで、寂しい。

「中に入ってみる?」

「いいのかな?」

「バレなきゃ大丈夫なんじゃない?」

つい、いたずら心からそんな発言をしてしまう。

ゆりの手を引き、中に進む。門の施錠はされていなくて、すんなりと入れてしまうところは、さすが田舎だ。学校内にも簡単に侵入できた。

この学校、防犯やばくないか？

たぶん先生に言ったら大問題になるんだろうけど、僕が冬休みに学校に忍び込んだこともセットでバレてしまうから、言うのはよしておこう。

「ここが隼人くんのクラス？」

「そうだよ」

僕のクラスに、ゆりがいるのが変な感じ。

ゆりが「隼人くんの席はどこ？」と聞くので、僕は実際に座ってみせた。そうしたらゆりがおもむろに、隣の綾瀬さんの席に座った。

その瞬間、なぜだか理由はわからないけど懐かしい気持ちになった。心がざわついて、初めて見た光景とは思えなかった。しばらくそのまま座っていた。

「次はどこ行く？」

「……屋上」

屋上？

疑問に思いつつ、僕らは階段をゆっくり上った。ゆりにおんぶしようかと提案したけど、却下《きゃっか》された。

「寒くない？　大丈夫？」

「うん、大丈夫」

最上階に到着。僕が扉を開けると、ゆりが先を行く。

続いて足を一歩外に踏み出すと、僕は彼女の背中から視線を空に移した。

青と白。肺に入ってくる空気はまたさらに冷たいのは、気のせいだろうか？

ぼうっと景色を眺めるゆりの隣に立ち、「どうしたの？」と首をかしげた。

「……ここ。夢でよく見る場所と似てる気がする」

「ほんと？」

「うん」

ゆりの表情が暗い。不安になり、手を握る。だけどゆりは真っすぐ前を向いたまま。

「私が……なんであの病院にいたか知ってる？」

知らなかったから、首を横に振った。

「私、自殺したんだ。教室のベランダから飛び降りたのに死ななかったの。ほんとにしぶといよね」

自嘲する彼女の表情は悲痛で、目をそらしたくなる。

「だけどね。目が覚めたら〝生きててよかった〟って思ったんだよ」

ようやく僕のほうを見て、ゆりが切なく微笑む。

「私、自殺してなかったら、隼人くんと出会えてなかったのかな」

「……そんなことない」

否定すると、彼女の瞳が揺れた。

「どんな運命だったとしても、僕はゆりと出会える自信がある。てか、出会ってみせるし」

どんな手を使っても。どんなことをしてでも。ゆりに出会える運命にする。してみせる。たとえ、きみの存在を知らなくても。

きみと出会わない人生なんて僕は認めない。そんなのクソくらえだ。

僕らが出会うことは決まっていた。そうとしか考えられないぐらい、ゆりと出会った瞬間の衝撃は忘れられない。

「嘘だって思うかもしれないけど、僕、何度生まれ変わってもゆりに出会って……それで、何度でもゆりを好きになると思う」

僕はいま何度目の人生を歩んでいて、何度目の恋をしているのかはわからない。だけど前の僕もまた、きみに出会って恋をしていたような気がするんだ。

……やっと言える。

「ゆり。僕、きみが好きだ」

　ポケットから、用意していたプレゼントを取り出す。大粒の涙をポロポロと流しながら、ゆりはそれを受け取った。ケースをゆっくり開け、姿を現したそれに目を見開く。

「貸して」

　彼女の手からそれを取り、僕はゆりの右手を掴んで薬指にはめる。何度も手をつないで、ゆりの薬指にはまりそうなサイズを選んだ。

　ちょうどいい大きさだったことに安堵する。

　……いきなりこんなプレゼント、どうかなって悩んだんだけど、やっぱりこれにしてよかった。

「僕はきみのこと、一生大切にするね」

「……っ」

「約束」

　その証。左の薬指は、大人になってからだよ。

「でも……私っ、足に障がいあるし……っ」

「関係ないよ」

「いじめられてた……っ」

「これからは僕が守る」

きみを傷つける全部から。僕のすべてをかけて。

癒やし、許し、受け止める。

だから泣かないで？　笑って？

涙を指ですくうと、ゆりはしゃくり上げながら口角を上げて、不器用に、でも最高の笑顔を見せてくれた。

その笑顔を守りたい。これから、ずっと。

「ほらゆり、見て。雪だ」

頭上から降り注ぐ雪。地面に落ちては儚《はかな》く溶けていく。

ゆりが顔を上げて、「きれいだね」と笑う。

「隼人くん」

「ん？」

「……私も、隼人くんが好きだよ。何度生まれ変わっても、隼人くんと会いたい。絶対に好きになる」

ふたりで笑って、額をくっつけ合った。

僕らはもう大丈夫。

ひとりでは弱くても、ふたりで立ち向かえばどんな困難でも乗り越えられる。

そんな気持ちになる。

きみは僕の最愛の人であると同時に、勇気で、強さで、希望で……光だ。

――そして、いつだってこう願う。

きみの生きる世界が、優しい光で溢れますように、と。

そう願わずにはいられないんだ。

生まれてきてくれて、ありがとう。生きていてくれて、ありがとう。

僕はきみがいるならこの広い世界も好きになれる。この世界できみと、これからもこんなふうに美しい景色を見て、澄んだ空気を感じて、いつまでも、どこまでも生きていきたい。

だから、僕の隣でずっときみは、きみらしくいてほしい。それだけでいいんだ。それだけで。

fin.

あとがき

このたびは、数ある作品の中から『49日間、君がくれた奇跡』をお手に取っていただき、誠にありがとうございます。

書籍化するにあたって尽力頂きましたイラストレーター様、関係者各位の皆様に心より感謝申し上げます。

この作品は私にとってすごく大切な作品です。魂を削る勢いで執筆いたしました。

実は私も学生時代に主人公のゆりと同じようにいじめられたことがあります。でも状況としては理香子のほうが近いかもしれません。友達に裏切られてしまい、そこからいじめへ発展してしまいました。

きっとこの作品を読んでくださった方の中にはもしかしたら似た境遇の方がいらっしゃるかもしれません。現在進行形の方もいるかも。

この作品でこの世界から「いじめをなくそう」、「平和な社会をつくろう」なんて大それたことは考えていません。ただ、つらい状況にいる方の心の支えになれたらな、とは思っています。

生きていくと、いろんな考えをもった人と出会います。生まれた場所、育ってきた環境、性格、外見、言語、様々な要因で憎しみ合ってしまう世の中に、色んなことを乗り越え大人になった今でも疲れてしまうこともしばしば。

それでも死ぬのはなしで。生きていればいずれまた笑えます。死にたくなっても、死にたいままでもいいんです。

それはそうと、友達にいじめられたと先に書きましたが実はそれには続きがありまして。私のことをいじめていた友達のうちひとりとSNSを通じて繋がったんです。彼女は知らない間に若くして母親になっていました。大切な子供が生まれて、ようやく自分がやっていたことの罪を理解したと、子供のお手本にならないといけないのに、と私に謝罪をしてくれました。いじめていた友達のひとりは幼稚園の先生になっています。

いつか心から大切な人ができた時、胸を張れる生き方を選択してほしいです。

弱いものいじめをする人かしない人か。どっちがより笑顔で幸せな未来を歩めるか。

私は今の人生に悔いはないので、友達のことは許しました。

私がこの作品にかけた思いはひとつだけ。

『きみの生きる世界が、優しい光で溢れますように。』

晴虹

この物語はフィクションです。実在の人物、団体等とは一切関係がありません。

本作は二〇二〇年四月に小社・ケータイ小説文庫『キミの生きる世界が、優しいヒカリで溢れますように。』として刊行されたものに、一部加筆・修正したものです。

晴虹先生へのファンレターのあて先
〒104-0031　東京都中央区京橋1-3-1　八重洲口大栄ビル7F
スターツ出版（株）書籍編集部 気付
晴虹先生

49日間、君がくれた奇跡

2024年9月28日　初版第１刷発行

著　者　　晴虹　©Haruna 2024

発 行 人　菊地修一
デザイン　フォーマット　西村弘美
　　　　　カバー　長﨑綾（next door design）
発 行 所　スターツ出版株式会社
　　　　　〒104-0031
　　　　　東京都中央区京橋1-3-1　八重洲口大栄ビル7F
　　　　　TEL　03-6202-0386　（出版マーケティンググループ）
　　　　　TEL　050-5538-5679（書店様向けご注文専用ダイヤル）
　　　　　URL　https://starts-pub.jp/
印 刷 所　大日本印刷株式会社

Printed in Japan

ISBN　978-4-8137-1641-9　C0193

スターツ出版文庫　好評発売中!!

『雨上がり、君が映す空はきっと美しい』　汐見夏衛《しおみなつえ》・著

友達がいて成績もそこそこな美雨は、昔から外見を母親や周囲にけなされ、目立たないように“普通”を演じていた。ある日、映研の部長・映人先輩にひとめぼれした美雨。見ているだけの恋のはずが、先輩から部活に誘われて世界が一変する。外見は抜群にいいけれど、自分の信念を貫きとおす一風変わった先輩とかかわるうちに、“新しい世界”があることに気づいていく。「君の雨がやむのを、ずっと待ってる――」勇気がもらえる感動の物語！

ISBN978-4-8137-1611-2／定価781円（本体710円+税10%）

『一生に一度の「好き」を、永遠に君へ。』　miNato《みなと》・著

余命わずかと宣告された高校1年生の葵は、家を飛び出して来た夜の街で同い年の咲と出会い、その場限りの関係だからと病気を打ち明けた。ところが、学校で彼と運命的な再会をする。学校生活が上手くいかない葵に咲は「葵らしく今のままでいろよ」と言ってくれる。素っ気なく見えるが実は優しい咲に葵は惹かれるが、余命は刻一刻と近づいてきて…。恋心にフタをしようとするが、「どうしようもなく葵が好きだ。俺にだけは弱さを見せろよ」とまっすぐな想いを伝えてくれる咲に心を揺さぶられ――。号泣必至の感動作！

ISBN978-4-8137-1612-9／定価781円（本体710円+税10%）

『鬼神の100番目の後宮妃～偽りの寵妃～』　皐月《さつき》なおみ・著

貴族の娘でありながら、家族に虐げられ、毎夜馬小屋で眠る18歳の凛風。ある日、父より義妹の身代わりとして後宮入りするよう命じられる。それは鬼神皇帝の暗殺という重い使命を課せられた生贄としての後宮入りだった。そして100番目の最下級妃となるが、99人の妃たちから嘲笑われる日々。傷だらけの身体を隠すため、ひとり湯殿で湯あみしていると、馬を連れた鬼神・暁嵐帝が現れる。皇帝×刺客という関係でありながら、互いに惹かれあっていき――「俺の妃はお前だけだ」と告げられて…!? 最下級妃の生贄シンデレラ後宮譚。

ISBN978-4-8137-1613-6／定価748円（本体680円+税10%）

『後宮の幸せな転生皇后』　香久乃《かくの》このみ・著

R-18の恋愛同人小説を書くのが生きがいのアラサーオタク女子・朱音。ある日、結婚を急かす母親と口論になり、階段から転落。気づけば、後宮で皇后・翠蘭に転生していた！皇帝・勝峰からは見向きもされないお飾りの皇后。「これで衣食住の心配なし！結婚に悩まされることもない！」と、正体を隠し、趣味の恋愛小説を書きまくる日々。やがてその小説は、皇帝から愛されぬ妃たちの間で大評判に！ところが、ついに勝峰に小説を書いていることがバレてしまい…。しかも、翠蘭に興味を抱かれ、寵愛されそうになり――!?

ISBN978-4-8137-1614-3／定価770円（本体700円+税10%）

書店店頭にご希望の本がない場合は、書店にてご注文いただけます。